充滿瓷器的時代

畢飛宇

目次

一九七五年的春節

午飯過後大帆船裡突然走出來一個人，是一個女人。她像變戲法似的，自己把自己變出來了。大帆船昨天一早就抵達了我們村，誰也沒有見過這個女人，甚至連昨天晚上的演出她都沒有露過面。她是從哪裡冒出來的呢？

我們鄉下人把臘月底的暴風叫做黑風，它很硬、很猛、很冷，棍子一樣頂在我們的胸口。怎麼說我們的運氣好的呢，就在臘月二十二的中午，黑風由強漸弱，到了傍晚，居然平息了，半空中飛舞的稻草、棉絮、雞毛、桔樹葉也全部回落到了地上。我們村一下子就安靜了。

這安靜是假象。我們村還是喧鬧，——縣宣傳大隊的大帆船已經靠泊在了我們村的石碼頭啦。還沒有進臘月，大帆船要來的消息就在我們村傳開了，人們一直不相信，——四年前它來過一次。剛剛過去了四年，大帆船怎麼可能再一次光臨我們村呢？就在兩天前，消息得到了最後的證實，大帆船會來，一定會來。沒想到黑風卻搶先一步，它在宣傳隊之前敲起了鑼鼓。大帆船它還來得了麼？

人們的擔憂是有道理的。這就要說到我們村的地理位置了。我們村坐落在中堡湖的正北，它的南面就是煙波浩渺的中堡湖。這刻兒大帆船在哪裡呢？柳家莊，該死的柳家莊偏偏就在中堡湖的正南。黑風是北風，這一點樹枝可以作證，波浪也可以作證，大帆船縱然有天大的本領，它的風帆也不可能逆風破浪。

我們沒有想到的是，人定勝天。公社派來了機板船。大帆船搖身一變，成了一條拖掛，就在臘月二十二的一大早，它被機板船活生生地拖到了我們村。大帆船到底來了，全村的人都擠到了湖邊。——大帆船還是那樣，一點都沒有變。我們村的人對大帆船的記憶是深刻的，就在四年前，在一場美輪美奐的演出之後，它扯起了風帆，只給了我們村留下了一個背影。巨大的風帆被北風撐得鼓鼓的，最終成了浩渺煙波裡的一塊補丁，準確地說，不是補丁，是膏藥。四年來，這塊膏藥一直貼在我們村的心坎上，既不能消炎，也沒有化淤。

我們同樣沒有想到的是，在人定勝天之後，天還遂了人願。演出之前，黑風停息了。有沒有黑風看演出的感受是完全不一樣的——，演員們必須背對著風，要不然，演員們說什麼、唱什麼，你連一個字都別想聽清楚。看演員張嘴巴有什麼好看的呢，誰的臉上還沒有一個熱氣騰騰的大黑洞呢？演員背對風，觀眾就只能迎著風，這一來看演出就遭罪了，黑風有巴掌，有指甲，抽在人的臉上虎虎生威。這哪裡還是看演出，簡直就是找抽。鄉下人怕的不是冷，是風，一斤風等於七斤冷吶。

因為臘月二十二日的演出，我們村的年三十實際上提前了。黑風平息之後，村子裡萬籟俱寂，這正是一個好背景。鑼鼓被敲響了，說起鼓，就不能不說牛皮。牛皮真是一個十分奇妙的東西，當它長在牛身上的時候，你就是把牛屎敲出來它也發不出那樣憤激的聲音，可是，牛皮一旦變成鼓，它的動靜雄壯了，可以排山，可以倒海，它的餘音就是浩浩蕩蕩，彷彿涵蓋了千軍萬馬，真「鼓」舞人心哪。在鼓聲的催促和感召下，我們村的人特別想戰鬥，做烈士也就是想死的心都有。除了沒有敵人，我們什麼都準備好了。——女聲小合唱上來了，男聲小合唱上來了，接下來，是男女對唱、數快板、對口詞、三句半。意思其實只有一個，我們不缺敵人，我們缺的是發現。所以，我們不能麻痺。我們還是要戰鬥。要戰鬥就會有犧牲，一句話，我們都不能怕死。過春節其實是有忌諱的，最大的忌諱就是死。可我們不忌諱。雖說離真正的春節還有七、八天，然而，我們已經度過了一個純潔的、革命的和敢死的春節。我們是認真的。

上了年紀的人都知道，黑風往往只是一個前奏，也是預兆。在風平浪靜之後，接下來一定會降溫，迎接我們的必將是肅殺而又透澈的酷寒。臘月二十三，這個本該祭灶和撣塵的日子，我們村的人發現，所有的水在一夜之間全都握起了拳頭，它們結成了冰。最為壯觀的要數中堡湖的湖面了，它一下子就失去了煙波浩渺和波光粼粼的嫵媚，成了一塊遼闊而平整的冰。經過一夜的積澱，空氣清冽了，一粒纖塵都沒有。天空清朗，豔陽當照。在碧藍的晴空下面，巨大的冰塊藍幽幽的，而太陽又使它發出了堅硬刺目的光芒。一切都是死的，連太陽的反光都充滿了蠻荒和史前的氣息。

宣傳大隊的大帆船沒有走。它走不了啦。它被冰卡住了，連一艘大帆船本該擁有的搖晃都沒有，彷彿矗立在冰面上的木質建築。這樣的結局我們村的人沒有想到，也沒敢想。雨留不住人，風也留不住人，冰一留就留下了。

我們村的人振奮了，其實也被嚇著了。——這樣的局面意味著什麼呢？意味著解凍之前我們村在春節期間天天都可以看大戲。事實上我們高興得還是太早了，除了二十二夜的那場演出，宣傳大隊再也沒有登過一次臺。演員們的心已經散了，他們眺望著堅硬的湖面，瞳孔裡全是冰的反光。因為回不了家，他們憂心忡忡，他們的面龐沮喪而又絕望。大帆船裡沒有動靜，偶爾會傳出吊嗓子的聲音，也就是一兩下，由於突兀，短促，聽上去就不像是吊嗓子了，像吼叫，也像號喪。

午飯過後大帆船裡突然走出來一個人，是一個女人。她像變戲法似的，自己把自己變出來了。大帆船昨天一早就抵達了我們村，誰也沒有見過這個女人，甚至連昨天晚上的演出她都沒有露過面。她是從哪裡冒出來的呢？女人來到船頭，立住腳，瞇起眼睛，朝冰面上望了望，隨後就走上了跳板，伴隨著跳板的彈性，她的身體開始顛簸。因為步履緩慢，她的步調和跳板的彈性銜接上了，——這哪裡還是上岸，這簡直就是下凡。一般說來，下凡的人通身都會洋溢著兩種混合的氣息，一是高貴，二是倒楣。她看上去很高貴，她看起來也倒楣。但是，無論是高貴還是倒楣，只要一露面，這個女人必定給人以高調出場的意味。旁若無人。她的手上提了一張椅子，她在岸邊徐步走來。她往前每走一步身邊的孩子就往後退一步。

女人就把椅子擱在了地上，篤篤定定地坐了上去。她已經晒起了太陽。為了讓自己更享受一點，她蹺起了二郎腿，附帶著把軍大衣的下襬蓋在了膝蓋上。然後，開始點菸。當她夾著香菸的時候，她的食指和中指繃得筆直，而她的手腕是那樣的綿軟，一翹，和胳膊就構成了九十度的關係，菸頭正好對準了自己的肩膀。她這香菸抽的，飛揚了。她不看任何人，只對著冰面打量。因為眼角是瞇著的，眼角就有了一些細碎的皺紋，三十出頭了吧。但她的神情卻和宣傳大隊的其他人不同，她的臉上沒有沮喪，也沒有絕望，無所謂的樣子。她只是消受她的香菸，還有陽光。

吸了四、五口，或許是過了菸癮了，女人突然動了凡心，關注起身邊的孩子來了。她把清澈的目光從遠處的冰面上收了回來，開始端詳孩子們的臉。她的脖子和腦袋都沒有動，只是緩慢地挪動她的眼珠子。動一下，停一下，一格一格的。女人的眼睛突然在她左側小女孩的臉上停住了，這一停就是好長的時間。小女孩叫阿花，六歲，我們村民辦教師吳大眼的女兒。阿花被女人盯著，有些膽怯。女人把菸頭在椅子上摁了兩下，裝進軍大衣的口袋，伸出胳膊，一把抓住了阿花的手腕，一直拽到兩條腿的中間。女人用她的兩條大腿夾住阿花，把她的兩隻中指伸得直直的，頂在了阿花的太陽穴上，一左一右地看。最終，打定主意了。

她從軍大衣的口袋裡掏出了幾只圓圓的小盒子，還有筆，開始在阿花的臉上畫，每一個手指都非常快。我們村的人不知道湖邊發生了什麼，但是，我們村的人有一個特點，不願意落下任何事情。這一來圍觀的人多了。裡三層、外三層，人們親眼目睹了一個奇蹟，——民辦教師吳大眼六歲的女兒被大帆船上的陌生女人變了戲法，變漂亮了，成了另外一個女孩子。她眨眼的時候居然有聲音，啪嗒啪嗒的。阿花怎麼會這麼漂亮的呢？她瞞過了所有的人，她的爸爸和媽媽都給她瞞過去了。

但是，女人就是不滿意。她在修正，這裡添一點，哪裡減一點。還時不時把阿花拽到自己的嘴邊，用她的舌尖舔去那些不滿意的部分。在阿花的臉上，女人拿自己的舌頭當作了抹布。這個出格的舉動讓阿花很彆扭，阿花極度地不自在。在圍觀的人堆裡，阿花開始掙扎，眼眶裡都有了淚光。因為掙不脫，阿花對著女人的臉龐突然吐了一口。唾沫掛在了女人的眉梢上，阿花就這麼逃脫了。女人望著阿花的背影，一點也沒有生氣，既不驚慌，也不失措，抿著嘴，只是微笑。一邊笑一邊把脖子上紅色的圍巾取下來，很安詳地在那裡擦。她的模樣使我們村的人相信，她早就習慣別人對著她的臉龐吐唾沫了，如果你願意，你完全可以把她好看的臉龐當作一個微笑的痰盂。

實際上這個女人的微笑並沒有持續太久，她的身上冒起了青煙。青煙越來越濃，最終躥出了火苗。青煙其實已經冒了一陣子了。沒有人往心裡去罷了。真到了起火的時候，人們這才想起來，是她的菸頭讓她自己失火了。女人顯然也意識到了這一點，這個發現讓她開心，她不再是微笑，都笑得咧開嘴巴。這一笑壞了，我們村的人看到了她的牙，她的每一顆牙齒上都布滿了焦黃的菸垢。她不再是下凡的仙女。她開始滅火，她的巴掌鎮定地、緩慢地拍向軍大衣的口袋，彷彿撣去身上的灰塵。我們村的人知道了，即使她的整個身軀都被熊熊大火裹住了，她的手腳也不會忙亂，著了就著了唄，死得不挺暖和的。

冰凍三尺，非一日之寒。這句話也可以反過來說，冷的日子久了，冰塊將會抵達令人震驚的厚度。也就是幾天的工夫，中堡湖裡的冰塊結實了，像浮力飽滿的石頭。

中堡湖熱鬧起來。湖面不再是湖面，它成了狂歡的廣場。我們村的大人和孩子差不多全都集中到了冰面上，甚至連一些上了歲數的人都湊起了熱鬧。在冰面上行走是一件令人愉快的事，它給人一種錯覺。每個人都覺得自己是水上漂。聰明一點的人甚至產生了這樣的想法，——冰凍是好事，它能將世界串聯起來，因為冰，世界將四通八達。的確，冰應當得到推廣和普及，人類最理想的世界就是到處結滿了冰。

大白天永遠是平庸的。到了夜裡頭，中堡湖的湖面上迎來了壯麗非凡的氣象。無論一九七五年的年底是多麼地貧窮，家境富裕的人家畢竟還有。家境富裕有一個重要標誌，那就是家裡有手電筒。冰封的日子裡所有的手電筒都一起出動了，不只是我們村，沿岸王家莊、張家莊、柳家莊、高家莊、徐家莊、李家莊的手電筒一起匯集在了冰面的四周。手電筒的光是白色的，冰是白色的，而夜晚卻一片漆黑，這是一部活生生的黑白電影，光柱把黑夜捅爛了，到處都是白色的窟窿。我們的世界絢爛了，淒涼了；也繁華，也蕭索，非常像戰亂。

大勇和大智是一對孿生兄弟，他們家沒有手電，他們沒有資格走進黑白電影。差不多就在最後一把手電筒撤退之後，兄弟倆提著他們的馬燈，悄悄出現在了中堡湖的冰面上。他們是來釣魚的。北方的冰期長，所以，北方人很早就掌握了冰窟窿裡釣魚的技術，這樣原始的技術南方人反而不知道。但大智是知道的，大智讀書。書上說，冰底下缺氧，哪裡有窟窿哪裡就有氧氣，哪裡有氧氣哪裡就有魚。

書上的話是不是真的，大智其實也沒有把握。可大智沒有選擇。眼見就是大年三十了，他們家連一片魚鱗都還沒有看到。大年三十的餐桌上可以沒有豬肉，可以沒有豆腐，卻不能沒有魚。有魚就是「有餘」，它是好彩口，暗含著祝福與希望。無論日子有多窮，在大年三十的晚上「有餘」一下，放在哪裡都是一件好事情。

大勇帶了一只斧頭，還有一把鑿子，跟在大智的屁股後頭往湖中心走。離開岸才八、九十步，大勇膽怯了，畢竟是黑夜裡的冰面上。大勇說：「別走了吧，就在這裡鑿。」一斧頭下去，大勇的手滑了，斧頭貼著冰面滑向了遠方。冰實在是一種美妙的東西，它發出來的聲音玲瓏而又悠揚，反而把大勇嚇了一大跳。大勇這個人就這樣，所有好看、好聽、好玩的東西都能把他嚇一跳，有時候連好吃的東西都會把他嚇著了。他在吃豆腐的時候就有這毛病，眼睛老是發直。好在他一年也吃不了幾回。如果每天都吃，每天都是春節，大勇這孩子一定會得羊角風的。

大勇鑿出來的第一個窟窿足足有一口鍋那麼大。大智說：「費那麼大勁，你鑿那麼大做什麼？一半就足夠了。」大勇壓低了聲音說：「窟窿大，魚就大。」

但是，問題又來了。釣魚的繩子拴在哪裡呢？大勇提起馬燈照了照，冰面上居然沒有一棵樹。大勇苦惱了。大智把繩子放在水裡蘸了蘸，隨手丟在了冰面上。大勇說：「得拴在什麼地方。」太智說：「拴上了，水把它拴在冰上呢。」

大勇一口氣開了十一個窟窿。就在打算歇口氣的光景，大勇不動了。大勇直起身子，拽了拽大智的胳膊。大智回過頭，突然看到了一樣東西，一個猩紅色的亮點。似乎很近，似乎又很遠，一點把握都沒有。也就是閃了那麼一下，猩紅色的亮點卻又沒了。冰面上黑咕隆咚，天空中黑咕隆咚。馬燈就在大勇的腳邊，但是，它的燈光只夠在冰面上畫一個圓圈，這就是說，馬燈照亮的只能是自己，而不是遠方和別人，這就讓人心裡頭沒底了。兄弟倆在這個時刻多麼希望自己能有一把手電，他們對視了一眼，說時遲，那時快，猩紅色的亮點再一次閃光了，這一次紅得格外豔。大智本想走上去看看的，被大勇一把拽住了，大勇說：「還是走吧。」

饑不擇食，貧不擇妻，比這更嚴重的就是慌不擇路。就因為短暫的慌張，大勇和大智在冰面上迷路了。頭上是黑漆漆的天，腳下是白花花的冰，他們徹底失去了參照。虧了年輕，虧了昨晚上吃得足，他們總算沒有被凍僵。天亮之後，他們依靠大帆船的桅杆找到了村莊，他們其實並沒有走多遠。他們自以為走遍了千山萬水，其實，他們只是在家門口遛達了一夜。迷路的人往往就是這樣，他們在前進，本能卻讓他們選擇盤旋，等他們明白了過來。唯一的安慰就是盡力了，他們業已抵達起點，並有效地消耗了全部的能量。——好在昨天夜裡的垂釣有了收穫，十一只魚鉤居然釣著了九條魚，三條鱗魚，四條鯽魚，一條草魚，一條鯉魚。這是振奮人心的。等他們收好魚，半個太陽也出來了。這是一次神奇的日出，足以讓大勇目瞪口呆——，半個太陽搖搖晃晃，光芒無比鮮嫩，它們塗抹在冰面上，巨大的冰面一片酡紅，整個世界一片酡紅，分外妖嬈。

就在這樣的妖嬈裡，大智有了意外的發現，一把椅子孤零零地擺放在中堡湖的湖面上，它的背正對著大帆船。就在平整而又光滑的酡紅裡，這把椅子突兀了，散發出非人間的氣息。大智估算了一下，椅子離冰窟窿的距離大概也就是四、五十米。大智滑過去——，這是一把普通的椅子，左側的冰面上丟了五、六個菸頭，已經凍住了。這一看大智就全明白了，操他媽的，全是那個滿嘴菸牙的女人做的鬼，她真是一個二百五，好好的大帆船她不待，神神叨叨地來到冰天雪地裡抽什麼菸！要不是她的嘴裡冒出鬼火，他和大勇也不至於有這一夜。——虧了沒有下雪，要不然，他們弟兄倆真的就成了凍死鬼了。

女人再一次在大夥兒面前出現的時候已經是大年初一的上午了。依照慣例，村子裡響起了爆竹的爆炸聲。孩子永遠是最聰明的，他們來到了湖面，他們把爆竹橫在了冰面上，「嘣」的一聲，爆竹貼著冰面滑行而去，然後，「啪」的一聲，在很遠的地方炸開了。大年初一真是一個晴朗的好日子，天氣晴朗得不知道怎麼誇才好。只是一頓飯的工夫，湖邊的冰面上就面目全非了，黑色的爆炸點、紅色的紙屑散落得到處都是。這正是春節的氣象，像戰後。芬芳的硝煙。血色的碎紙片。喜慶。蒼涼。冰的堅硬反光。

大帆船的內部突然響起了一陣鑼鼓聲．開始還有板眼，能聽得出彼此的協作，也就是一會兒，鑼、鼓、缽、鑔相互間就失去了配合，成了聲音與聲音之間的混鬥，——這哪裡還是敲鑼打鼓呢，聽上去怒氣衝衝。

女人就在這片雜亂的鑼鼓聲裡走出了船艙。我們村的人終於知道了，這個女人的活動是被嚴格控制的，尤其是白天。她的雙腳永遠有一條看不見的鐐銬。她之所以看上去那樣「有派頭」，是因為她雖然「想改」，但她「從小練的就是這個」，實在「改不掉」。和上一次不一樣，這一次出艙她倒是沒有拿腔拿調，從她行走的樣子來看，她彷彿是有目的的，完成什麼任務一樣。她的身上還是那件軍大衣，右側的口袋邊卻有一個洞，周邊都是燒焦的痕跡。脖子上是紅圍巾，左手則提著一把椅子。她把椅子放下來，對著冰面上的孩子們拍了拍巴掌，示意她們立隊。她的舉動意義不明，沒有人知道她要幹什麼。但是，這個女人很快就讓我們村的女孩子們知道她的意思了，她已經開始給第一個女孩子化妝了。周遭的女孩子們剛一明白就圍了上來，她們很自覺地在女人的椅子面前站好了隊，神色莊嚴，表情嚴肅，一點也不再害羞。第一個化好妝的女孩上岸了，她其實是顯擺去的。一個女孩子的顯擺往往具有不可思議的輻射力，它是最有效、最直接、最深入的宣傳。我們村所有的女孩子、部分大姑娘、少許已婚婦女在第一時間得到了這個震撼人心的消息，她們沒有猶豫，她們就是想揭開生命裡最大的祕密——我會漂亮到何等地步。她們來到女人的面前，隊伍越拉越長。

——這個大年初一獨特了，我們村無限地妖魅。化了妝的女孩子們以一種史無前例的嫵媚穿梭在巷口與巷口之間，她們像天外的來客，千樹萬樹梨花開。她們是她們，但她們不再是她們，只有她們自己相信，這才是真正的她們。即便洗一次臉就足以讓她們的生活回到從前，但是，那又怎麼樣呢，鏡子與水缸會記得這一切。

民辦教師吳大眼的女兒阿花到底還是出現了。她在大年初一的上午穿上了新褂子，雖然褲子和鞋子都是舊的，洗得卻相當乾淨了。她其實不敢來，但是，在她得到消息之後，她小小的心坎裡萌發了阻擋不住的願望。她想再化一次妝。這個小小的願望是一片小綠芽，卻足以掀翻頭頂上的石頭。她來到了中堡湖，夾在人縫裡，頭都沒敢抬。她在等，她的心思複雜了，主要是矛盾。阿花害怕那個女人，然而，阿花又必須走近那個女人。

女人其實已經看見阿花了，卻裝著沒有看見。她甚至都沒有看阿花一眼。她在忙。一張又一張俏麗的面孔在她的面前誕生了，消失了，又誕生了，又消失了。她的手是那樣地利索，在我們村的女孩子看來，她的手鬼魅莫測，不只是扭轉乾坤，還可以改天換地。阿花望著她的手，緊張得都想哭。

再有兩個人就該輪到阿花了。女人長嘆了一口氣，丟下了手裡的化妝盒。她點上一支菸，隨後就把她的眼睛閉上了。她就那麼閉著她的眼睛，睡覺那樣，一口一口吸著手裡的香菸。四、五口之後，她把菸掐了，睜開了眼睛。眼睛一睜開她的目光就跳過了面前的兩個女孩，直接找到了阿花，她在微笑。她的巴掌伸向了阿花，四隻手指併攏起來，在往上翹。

阿花沒敢動。女人就探過上身，拽住了阿花的袖口。阿花知道還沒有輪到自己，不肯，屁股不停地往後拱。但是她忘了，她的腳下是冰。隨著女人的拉扯，阿花一點一點滑過來了，她到底被女人拉到了面前。阿花前面的兩個女孩顯然沒有料到這樣的情形，她們很失望，嘟噥說：「該是我們了。」

女人沒有聽見。她耳中無人，她目中無人。到了這會兒我們村的人才知道，這個女人在大年初一的上午所做的一切都是假的，目的只有一個，把阿花招惹過來。女人把阿花夾緊之後就敞開了軍大衣的衣襟，一下子就把阿花裹在懷裡。她閉上了眼睛，上身開始搖晃。當她再一次睜開眼睛的時候，她的嘴巴對準了阿花的左耳。她的嘴唇在動。她在輕聲地對耳朵說些什麼。顯然，她的號召沒有得到阿花的響應，她就不停地重複。阿花又一次在她的懷裡反抗了。阿花的反抗頓時就讓女人失去了耐心，女人的嗓門突然大了，幾乎就是尖叫。我們村的人都聽見了，她對阿花說的是：「叫！叫我媽媽！」

阿花顯然被嚇著了，這一次她沒有吐唾沫，阿花對準女人的脖子就是一口，還好，沒有出血。阿花又一次成功地逃脫了。和上一回不一樣，阿花的這一口似乎讓女人受到了沉重的一擊，她高挑的眼角似乎掉落下來了。這個細微的變化使她的高貴只剩下百分之十，而倒楣的跡象在頃刻間就上升到了百分之九十。女人顯然是不甘心的，她站了起來，一個滑步就追上阿花。她像老鷹捉雞那樣張開了翅膀，她攔在阿花的前頭，終止了阿花上岸的企圖。她的臉上已經恢復了笑容，很巴結的樣子，露出了不該有的賤相。

但阿花堅持不讓她再碰自己，她只能往湖中心的方向後退。我們村的人看著一大一小的兩個女人在冰面上滑向了遠處。女人終於再一次滑到了阿花的前面，她回過頭來，開始給阿花做各式各樣的表演。女人脫下了她的軍大衣，紅圍巾也撂在了冰面上。她先是在冰面上打了幾個滾，然後再爬起來，衝著阿花做了許許多多的鬼臉。女人終於在冰面上開始她的表演了，她蹺起了一條腿，繃得筆直的，立在冰面上的那條腿同樣繃得筆直的，在她張開胳膊之後，她的身體就與冰面平行了，她像一隻沒有來歷的燕子，在飛，冰就是牠遼闊的天空。

兩個人的嬉戲持續了相當長的一段時間，看起來她們還說了一些什麼。女人到底有她的辦法，就在刀鋒一樣的反光裡，大女人和小女人之間的隔閡似乎消融了。阿花看起來已經被大女人說動了。人們看見大女人從軍大衣的口袋裡摸出了小盒子，弓下腰，對著小女人伸出了她的雙臂。她在等。她要讓阿花親自走進她的懷抱。阿花還是怯生生的，但是，終於往女人的身邊慢慢地挪動了。女人似乎特別享受這樣的過程，她沒有接住阿花，為了延長這個開心的時刻，她故意避讓了，在向後滑。

阿花最終並沒有抵達女人的懷抱。也就是一眨眼，女人在冰面上消失了。這個女人真的會變戲法，她能把自己變出來，她也能將自己變沒了。再一個眨眼，我們村的人明白過來了，女人掉進了冰窟窿。我們村的人蜂擁上去。冰是透明的，我們村的人看見女人的身體橫在了水裡，正在冰的下面劇烈地翻捲。湖水有它的浮力，想把她托上來，但是，在冰的底下，湖水的浮力似乎也無能為力。我們村的人只能看，無從下手。我們村的人看見女人的身體慢慢地翻了過來，她的眼睛在和阿花對視；她的嘴巴在動，迅速地一張一合。從她張嘴的幅度來看，不可能在對阿花耳語。她應該在尖叫。可是，她在說什麼呢？又過了一會兒，女人的臉貼到冰面的背部了。冰把女人的眼睛放大到了驚心動魄的地步。隨後，女人的頭髮漂浮了起來，軟綿綿的，看上去卻更像豎在她的頭頂。

二〇一〇年第一期《文藝風賞》

手指與槍

這一年的冬天高端五從縣城回來，他的挎包這一回換成了衛生箱，朝外的一側有一塊白色的圓，圓圈中央則是一個鮮紅的紅十字。高端五的模樣已經完全與科學、技術、文明和進步聯繫在一起了。

高家莊的人們對晚輩的稱呼有一種統一規範，在未婚男子的名字後面加「伙」，而在閨女們的芳名後頭加「子」。比方說，大家衝著高槐根叫「槐根伙」，卻把高秀英稱作「秀英子」。這是一代又一代高家莊人留下來的特定習俗，但對高端五人們就不。村子裡的老少一律用標準的姓氏規格稱呼高端五，這裡頭不僅包含了另眼相看這一層意思，更有尊重、喜愛、樹立一種人生典範的意味。高端五是高家莊第一個獲得高中文憑的小夥子。他不用筆，甚至不用算盤，只靠閉上他的雙眼就能進行加減乘除了。高端五隨便往哪裡一站都有一種木秀於林的感覺，所以他不可能是「端五伙」，只能是高端五。

高端五畢業於安豐鎮中學。他在高中畢業的那一天稱得上衣錦還鄉。他背著一只草色挎包，旁邊還插著一支竹笛。許多人都看到了竹笛尾部的金色流蘇。當晚乘涼的時候人們讓高端五吹了許多曲子，都是電影上的主題歌。他用一連串清脆的跳音表達了新一代青年的豪情壯志。在這個夏夜，許多「秀英子」的心情都隨著高端五的手指一跳一跳的。她們的瞳孔漆黑如夜，而每一隻瞳孔都有每一隻瞳孔的螢火蟲。女孩子們認定，高端五一定會在十五里之外娶上一位安豐鎮的姑娘。高端五不可能在高家莊待上一輩子。所以，姑娘們在說起高端五的時候總是保持一些距離，稱他為「人家高端五」。聽上去全是傷感。

暑期過後村支書找來了高端五。村支書說：「端五啊，找你。」村支書說：「想不想學醫？」高端五一心想當兵，一心想成為中國人民解放軍的一名戰士。但是高端五不敢說不。這個世界上沒有比「不危險的東西了。「不」字是地雷，一出腳就炸。高端五的話說得很有餘地，說：「什麼想不想的，大叔你安排吧。」高端五把支書喊成「大叔」表明了他的自信，好歹把自己放到姪子的位置上去了。村支書咧開很寬的嘴巴，點了幾下頭。村支書說：「回頭到我家拿一張介紹信。」村支書說：「你是我們的知識分子。」

這一年的冬天高端五從縣城回來，他穿了一件黃咔嘰布中山裝，嘴上捂著一只雪白的大口罩。他的挎包這一回換成了衛生箱，朝外的一側有一塊白色的圓，圓圈中央則是一個鮮紅的紅十字。高端五的模樣已經完全與科學、技術、文明和進步聯繫在一起了。這就不只是好看，而成為一種「氣質」。「氣質」這個詞是一位小學教師講的，很深奧。女孩子們反覆問，「氣質」到底是上衣還是褲子？是鞋襪還是口罩？小學教師避實就虛，嚴肅地指出，是「雞窩裡飛出金鳳凰」。

高端五剛走到水泥橋邊就讓「彩雲子」她媽攔住了。「彩雲子」她媽說：「高端五，我心窩子總是憋氣，給兩片藥吃吃吧。」人們注意到高端五這一回沒有流露出衣錦還鄉的神情，他十分禮貌地喊了一聲「大媽」，說：「我學的是獸醫。」大媽很失望，恍然大悟，說：「原來是畜生醫生。」

高端五第一次顯示手藝是給一頭老母牛看病。全村老少都看到了這駭人的一幕。高端五和養牛人耳語了好大一會兒，然後就讓人把老母牛拴在一棵柳樹上。高端五脫去上衣，很專業地挽袖口，一直挽到腋下。人們看見高端五把他的手指一點一點伸進了母牛的陰戶，隨後把整個胳膊全塞進去了，就像把手伸進窗戶摸鑰匙那樣。沒有人知道他在忙什麼，但是，從他的神情看，事關重大。老母牛很配合，彎下了兩條後腿，彷彿小學教師在黑板的下方做板書似的。大約過了二十分鐘，高端五抽出了胳膊，熱氣騰騰的。高端五在老母牛的腹部擦去胳膊上的黏液，隨後打開了衛生箱。他取出不鏽鋼針筒和不鏽鋼針頭，吸滿注射液，習慣性地朝天上擠出一根小水柱。高端五擰起老母牛的耳朵，在老母牛的耳根注射進去，說：「好了，給牠喝點熱水。」

老母牛不久就健步如飛了。如果尾巴上的毛再長一些，牠簡直就是一匹馬。然而，人們對高端五的崇敬表達得卻有些古怪。怎麼說呢，高端五的醫術的確不錯，卻讓人有點兒說不上來。怎麼說呢，反正女孩子們一見到高端五臉就紅，遠遠地就讓開了。

高端五一定感覺到什麼了。儘管他還是那樣木秀於林，但整個冬季高端五一直把自己關在家裡。他的竹笛上總是蹦出一串又一串的跳音。熱烈得要命，有一種對著竹笛拚命的意思，聽的人都覺得高端五快流鼻血了。

一開春高端五便丟開了笛子，開始忙活了。鄉村的春天不同於城裡，只是一個時間概念。鄉間的春天是一種氣韻，一種萬物復甦、欣欣向榮的勁頭。鄉下的春天就好像是為所有的生命裂開的一道縫隙，許多東西都開始往外蠕動。最典型的就是豬。這個愚蠢的東西其實不是生命，只是肥料和食物。最多只是村民們手裡的零花。然而，在春天到來的時候，牠們居然露出了飽暖思淫欲的死樣子。這怎麼行？

解決的辦法是把牠們騸了。高家莊的人們習慣於稱作「洗」了。不是在觀念上，而是在功能和構造上來一次「清洗」，來一次嚴打。完成這個工作的只能是高端五。在生豬們蠢蠢欲動的日子裡，高端五以科學的名義給牠們來了一次開春結賬。首當其衝的是公豬。依照常識，對雄性的騷動必須嚴懲。這是由牠們的生理特徵決定的。牠們的尾巴下面一律掛著一對多餘的大口袋，鼓囊囊的，高端五讓人把牠們擺平，然後，取出手術刀，在口袋的外側拉開一道口子，擠一擠，口袋就空了。高端五再把口子縫上，清洗工作就徹底結束了。這時候公豬會站起身來，走到自身的棄物面前，嗅一嗅，以一種痛改前非和重新做豬的神情離開。公豬們奔走相告：「是高端五使我們變成一隻高尚的豬，一隻純粹的豬。」

母豬的清洗工作要複雜一些。母豬的一切都是隱匿的，幽閉的。但你不了解母豬。牠們以叫聲表達了牠們的危險性。牠們在春天的哀怨是淒豔的，纏綿的，也是引誘和蠱惑的，體現出禍水的性質。高端五手到禍除。他從牠們的腹部準確地勾出一節內臟，母豬們立刻就嫻淑了，一副嬌花照水之態。高端五洗滌並蕩除了高家莊的溱洧之風，使高家莊的春天就此回歸於植物的春天。

高端五在清洗的時候時常叼著一根菸。誰也不知道他是什麼時候學會吸菸的。由於手裡忙，高端五只好把香菸銜在嘴角，瞇眼，側著腦袋。他的這種樣子離「氣質」已經越來越遠了。最要命的是他的臉上長起了許多疙瘩，起初只在顴骨那一片，三三兩兩的，而現在已經遍地開花了。高端五難得說上一兩句話，女孩們都說，高端五心裡的疙瘩全長到臉上來了。但女孩們的說法立即遭到了男人們的反對。他們說，屁！他只是豬卵子吃多了。

夏天來臨了，牲口們沒事，高端五當然也就沒事。人們很久聽不到高端五的笛聲了。高端五不肯吹，總是說，手生。這顯然是一句推托的話。不過細心的人很快就弄明白個中的緣由了。許多人都在不同的場合看見過高端五洗手。他能一口氣用肥皂把自己的雙手打上十幾遍。他甚至像刷牙那樣洗刷自己的指甲縫。一邊洗還一邊聞。最能說明問題的還是他的吸菸。他寧願閒著雙手，把它們背在身後，也不肯把香菸夾在右手上。男人的右手夾菸，左手輔助小便，本來就該這樣。但高端五不。他永遠把香菸叼在嘴角，瞇著眼，用很壞的樣子吸。他對自己的雙手已經充滿了敵意了，一個不肯用手指夾菸的人，當然不願意用指頭在竹笛上製造跳音。人們不知道高端五在自己的雙手上聞到了什麼，但是有一點，氣味在多數情況下不是嗅覺，而是想像力。他完全可能將手上的氣味想像成一雙手。這樣一來他的雙手也就變成氣味本身了。手對手本身肯定無能為力。

由於洗得太多，高端五的雙手乾淨得就有些過分。皮膚過於白，而血管也就過於藍了。怎麼說呢？反正有點兒說不上來。能知道的只有一點，高端五終日裡恍恍惚惚，也就是心思重重。在整個夏季，他的每一隻指頭都有每一隻指頭的心思，捏不成拳頭。像單擎的植物闊葉，開了許多的叉，很綠地舒張在那兒，正面是陽光，背面是陰影，籠罩了一種很異質的鬱悶。

莊稼長得快，時間過得也就快。轉眼又到了秋收了。秋收在高家莊既是一筆經濟賬，同時也是一筆政治賬，許多人的命運都要在秋收的「表現」中得到改變。高端五終於在秋收之前鼓起了勇氣，和村支書談論當兵的事了。高端五不敢多繞彎子，一開口就把當兵的事挑開了。村支書沒有開口，他沒有說高端五貪心，沒有批評高端五想獨吞所有的美差。但是，他的表情在那兒。他的表情說明了高端五這個「知識分子」是多麼的自私和自利。村支書後來說：「端五啊，村子裡的政策你是知道的，你能把秋收撐下來吧？」村子裡的政策高端五當然知道，他只有獲得「秋收紅旗手」才可以報名參軍的。村支書瞄了一眼高端五手上的細皮嫩肉，半真半假地說：「端五啊，你這雙手可不像紅旗噢。」高端五說話的樣子差不多已經是一個軍人了，他挺著身子大聲說：「支書你放心。」

高端五在脫粒機的旁邊已經連續站了十九個小時了。三個小時以前，他其實已經成為本年度的「秋收紅旗手」了。那時候高端五曾經被人換下來一次，但是不行。一離開馬達他的耳朵反而充滿了轟鳴，躺在床上之後他的腦袋疼得就要炸。而雙手也會無助地要動。人真的是機器，是機器的部分和配件。機器不停下來你就不能急煞車，否則你就會飛起來。你只能順應機器，在這種時候，生命的根本出路在於機械化。高端五只好重新上機。

一上機高端五反而安靜了，真實的轟鳴聲在他的耳朵裡稱得上充耳不聞。高端五心情不錯。只要把最後的兩天撐下來，他就可以聽從「國家」的召喚，到遠方做一名中國人民解放軍的戰士了。高家莊的人們習慣把遠方稱作「國家」，高端五就要到「國家」那裡去了，他格外地珍惜高家莊的每一天。

現在，高端五站在脫粒機的旁邊，蓬頭，垢面，面無表情，齒輪那樣重複著十九個小時以前的那個動作。他不停地往脫粒機裡塞莊稼，讓脫粒機給莊稼分類，稻歸稻，草歸草。

黃昏時分一位婦女給高端五端來了一碗水。高端五接過大海碗，一口氣就灌下去了，順手把大海碗塞進了脫粒機。打穀場上突然響起了瓷器的破碎聲，都把機器的轟鳴壓下去了。幾乎就在同時，一個女孩尖叫了一聲。一樣東西擊中了她的胸脯，在她的胸前摸了一把，隨即落在了她的光腳前。是一隻指頭。是一隻人的指頭。人的指頭從天而降絕對是一件稀奇的事，大夥圍上去，高端五也圍上去。圍上去之後高端五感到了身體的某個部位在疼。在往疼裡疼。他低下頭，只看了一眼便大聲說了：「別碰，是我的。」高端五用左手撿起地上的指頭，往右手的食指根上捂。但是鮮血模糊了手指與手的關係。噴湧的血液有一種決然的力量，在告訴你，你的絕不是你的。

從醫院歸來秋收早就結束了，而徵兵業已開始。高端五整天坐在打穀場上，看太陽自東向西，他把手插在褲兜裡，腦子裡卻有一個頑固的影子，是槍的影子。他用想像力扣動著扳機，而食指卻落不到實處。

指頭的空缺使手的欲望變得熱烈。當某種努力起源於欲望而中止於身體時，心有不甘與力不從心就開始相互推動了。高端五抽出雙手，揸開指頭，凝視著它們，一直凝視著它們。直到產生了這樣的錯覺：彷彿自己的身上一下子多出了九隻手指。他知道自己的雙手抓住了厄運。厄運斷你一指，卻不肯傷你十指。

高端五絕對不可能成為中國人民解放軍的戰士了，高端五甚至不能再做高家莊的人民獸醫了。失去了食指使他再也不能手持針線，縫補公豬身後的空口袋了。但是，高家莊的人們知道，正如村支書在秋收表彰大會上所說的那樣，高端五已經把自己的指頭獻給國家了。「國家」不只是遙遠，有時候它還是意義。比方說，一個二年級的小學生撿到一枚五分錢的硬幣，老師們會在班會上這樣說：「某某同學拾金不昧，他（她）把五分錢交給了老師，交給了國家。」前者表示歸屬，後者則代表了意義。高端五的指頭沒有歸屬，所以，直接等同於意義。

生命一旦有了意義，組織上就要做安排，總要「領導」一點什麼，這是天經地義的事。然而，如何「安排」高端五，組織上就很頭疼。高端五殘是殘了，但終究不是軍人，「意義」的局限也就顯而易見了。最後還是村支書發了話，他用肩頭簸了幾下後背上的上衣，說：「我們村的民兵就歸他領導吧。」村支書說完這句話之後伸直了胳膊，在離身子很遠的地方拍了幾下巴掌，其他人也拍了幾下。村支書說：「大家通過了，就散會吧。」

民兵排長高端五在秋收時分迎來了他的好運。縣基幹民兵團就是在這個農閒的當口正式軍訓的，但是，這一次軍訓並不是因為農閒，內部人士說，是形勢又吃緊了。高端五從縣人武部首長們的面部表情就知道形勢肯定吃緊了。他們的樣子一律外鬆內緊。儘管沒有人知道威脅來自何方，然而，外鬆內緊的面部神情早已表明了吃緊的程度。

基幹民兵一律配槍。這一點令高端五喜出望外。他再也料不到他的傷殘之軀居然還能和鋼槍聯繫起來。他從縣人武部首長的手上接過了五六式十發裝半自動步槍，首長勉勵高端五說，中指更適合於射擊，中指更有力，更穩，因為中指更粗，更長。

高端五沒有料到自己會這樣愛槍。所謂想當兵，說到底可能還是對槍熱切嚮往。他對槍的喜愛達到了一種痴情的地步，一種憐香惜玉和溫柔體貼的地步。即使在睡覺的時候他也不肯暫離他的鋼槍。他把五六式半自動步槍壓在枕頭底下。枕戈，卻不待旦。在深夜，高端五趴在窗口，用鋼槍瞄準星星、月亮，瞄準樹枝或某個夜行的走獸。他無聲息地用一隻眼睛與天鬥，與地鬥。鬥完了他就用殘缺的手掌撫摩著槍。鋼的溫度其實就是槍的體溫，有一種砭骨的寒。在撫摩中，高端五體會到的不是槍，而是手的完整。槍彌補了手的全部意義。甚至，作為民兵排長，高端五認定了槍就是手的功能和指尖的不可企及。

事實上，一個月的軍訓一直圍繞著槍，訓練的目的則是為了保證一顆子彈等於一條性命這樣的高效率。首長說，射擊的關鍵一要平，二要穩。為了直觀地說明這一點，首長把鋼槍對準了一塊闊大的湖面。湖面如鏡。首長趴在水邊，幾乎在扣動板機的剎那，子彈頭在水平面上劃開了一道筆直而白亮的縫隙。首長說：「看到了吧，和水一樣平。——這就是水平。」首長誇完了自己對民兵們說：「有我這個槍法，敵人如果來了，你只要看見他，他就別想活。神槍手不靠槍殺人，靠目光。」

集訓的最後一天首長終於公布了祕密。那個外鬆內緊的祕密。首長走上主席臺，從麻袋裡取出一樣東西，是一張完整的人形皮衣，漆黑，面部像一隻豬，卻長了一隻象鼻子。首長指著東方大聲說：「同志們，這是一個月前我們的漁民在海灘上發現的。」首長肅穆起來，用手指關節敲打著桌面，壓低了聲音：「同志們，嚴峻哪。」

會場頓時凝重了。人們屏聲斂息，注視著人形皮衣。高端五的腦海裡清晰起來的不是敵人，而是地圖。萬川歸海，反過來說，敵人完全可以沿著萬川從河床的底部走到高家莊的石碼頭。更要命的是，高家莊的村前是一片湖，方圓足有十幾里路，敵人有足夠的理由潛伏的湖底，然後，在某一個清晨，水面上齊齊整整地浮上來一群豬腦袋，長著很長的鼻子。然後露出脖子、胸脯、大腿，黑壓壓地走上來一排，又一排。高端五被自己的想法驚呆了，最殘酷的事實就是，這也許不是真的，但是可能。在大部分情況下，可能性即危險性。

高端五緊張了。但是興奮。高端五回到高家莊已是隆冬。這一次他不是學生，也不是獸醫，而是兵。高端五的右肩上扛著那支五六式半自動步槍，嚴寒放大了高端五身上的凜冽氣息。他像水面上的堅冰，足以籠罩來自水下的任何威脅，至少，在孩子們看來，這一點毫無疑問。

有關水下的危險，高端五依舊採用了內緊外鬆這樣的原則。這樣的原則有利於使知情者產生出一種掌握內情與參與大事的興奮感，比動員更見實效。高家莊的人們很快就知道了，日子並不太平。水底下有毛茸茸的手。好在有高端五在。他不是回來了，而是上級派來的。不過婦女們對河水的恐懼總是難以消除，「彩霞子」她媽就是一個例子。她一個人到碼頭上淘米，為了給自己壯膽，「彩霞子」她媽一邊跺腳一邊大聲對水面說：「你出來！有種你出來！」最嚴重的事情發生在這個早晨。一場夜雪過後，高家莊白花花的，高家莊圓溜溜的，高家莊清冽冽的，高家莊還安靜靜的。而太陽也出來了，高家莊一片白亮，染上了太陽的酡紅。大約在八點鐘，一個玩雪的小男孩發現了村北倉庫後面的一串腳印。腳印比豬腳大，比牛腳小。腳印與腳印之間，紛亂的積雪昭示了行走的慌張。最要命的是，腳印的左側有一路血跡。在雪地上，血跡成了一個又一個鮮紅的坑，那些坑越來越大，快到河邊的時候，鮮紅的坑已經成了鮮紅的洞。而腳印與血跡一到河邊就戛然而止了。說沒有就沒有。幾分鐘之內這個消息就傳遍了高家莊，一下子趕來了很多人。孩子們的雙腿在眨眼的工夫就把地上的腳印踩亂了。唯一冷靜的是村支書，他取過一把大鐵鍬小心地鏟下了最後一個樣板，連同一滴血。村支書請來了許多老人，老人們望著那把鐵鍬，仔細地辨認。他們一邊辨認一邊回顧歷史，對歷史的回顧使得事態變得更為嚴峻了。老人們肯定地說，這不是狗，不是狐狸，不是灰狼。一句話，「歷史上」從來沒見過。辨認完了，老人們只好抬起頭，望著冬天裡的水面。水面平整，光滑得都有些過分。直到這時人們才想起高端五，而他偏偏又到公社學習去了。

高端五臨近中午才趕回高家莊。在等待高端五的過程中高家莊的人們經歷了一場真正的煎熬。隨著中午的臨近，雪在鐵鍬上慢慢融化了。沒有人能擋得住。人們眼睜睜地望著腳印以水的形式滴在了地上。水這東西實在是太壞，它掩飾了多少問題？它從來不給人以一個固定的、明確的說法。水應該槍斃！

對水的自生與自滅，村支書欲哭無淚。

高端五提著五六式半自動步槍趕來了。他看到的只是大鐵鍬上的水珠。高端五蹲下身去，看了很久，最後用中指蘸了一滴水，放進了嘴裡。

村支書望著高端五。高端五耷拉了眼皮，很輕地搖了搖頭，嘆了一口氣，又搖了搖頭。

「咋樣？」村支書說。

高端五說：「難說。」

下雪後的高家莊更冷了。第二天上午村前湖面上的冰封說明了這個問題。但是陽光燦爛，天空晴朗。高端五爭取到村支書的同意之後，一個人提了五六式半自動步槍靜臥在湖邊了。湖面上是大片耀眼的冰光。沒有一點動靜。沒有一絲聲響。高端五從口袋裡摸出一粒子彈，壓進了槍膛。高端五把槍托貼在腮邊，而中指卻扣緊了扳機。他在瞄準。他沒有瞄準任何目標，只是盯準了水的平面，即冰的平面。在某一個剎那，他的中指扣了下去。槍聲過後，子彈帶著冰凌的聲音迅疾地向遠方飛去，整個冬季都被這串聲音劃開了一道口子。你看不見子彈，但冰的聲音說明了子彈貼在冰面。整個湖都共鳴了，一顆子彈足以震懾方圓十幾里的水面。

湖對岸張家圩子的孩子們正在湖面上走冰。一個叫兵的男孩看見冰面上一個雪亮的東西正向自己緩緩滑來。雪亮的東西一直滑到自己的棉鞋邊，停住了。出於好奇，小兵撿起了腳邊的小東西。人們聽見小兵大叫了一聲。他的指尖被灼傷了，燙出了兩個對稱的白點。孩子們一起滑過去。沒有人相信小兵的指頭會被冰塊燙傷。但傷痕在那兒。孩子們低下頭，小兵的腳邊卻有一個小洞。冰面平白無故地化開了一個小洞，一樣東西從洞口沉向了湖底。孩子們面面相覷，隨即就轟散了。他們怕極了。他們所見到的事情是如此真實，已經達到了一種魔幻的地步。

一九九八年第十一期《人民文學》

哭泣生涯

人們都說，惠嫂哭得好，嗓門大，不惜力氣，看得見傷心傷膽傷肝傷肺。人們都說，喪禮上只要有惠嫂，再寡情的人家也能讓死者有臉有面地走上黃泉路。

惠嫂嫁到臭鎮的那一天下了很大的雪。雪和血同音，所以新娘惠嫂就不能踩著雪路到婆家來。依照世襲的規矩，惠嫂只能由新郎從船上背到洞房裡去。其實臭鎮人早就不相信那些舊規矩了，只是想起起鬨，鬧一鬧新娘和新郎，在大雪紛飛裡頭弄一點暖和的事情。新郎阿江知道大夥的心思，抿了嘴只是笑。後來阿江搓了搓兩隻大巴掌，很爽快地答應了，說：「就做一回豬八戒。」

但是惠嫂趴上阿江的後背之後怎麼也不肯把腿岔開來，這給「豬八戒背媳婦」帶來了操作上的難度。阿江只好把雙手背到身後，十隻指頭用力叉起來，托住惠嫂的兩隻膝蓋。惠嫂的兩隻小腿併成一處，在後頭蹺得老高，看起來就像皮影戲，看的人都叫好。阿江的頭髮窩裡冒出了乳白色的熱氣，臉上當然是那種快進洞房的傻樣子。走到青石巷的時候出了一點意外，來了一陣風，掀起了新娘的紅蓋頭，新娘便動了一下。阿江的腳上是剛剛上腳的新鞋，還沒有分出左右。新鞋的下面是雪，雪的下面是石頭，新娘一動阿江便滑倒了。四處全是笑。惠嫂掉在雪地上兩條小腿全蹺在那兒，紅蓋頭掀到一邊去了。惠嫂和阿江倒在雪地上面對面只是笑，都用力抿住嘴。阿江說：「不要緊吧。」新娘說：「你快點?!」周圍的人聽了又笑，看他們出洋相，替他們高興。阿江就爬起來抱新娘，一發力腳下便滑，倒下了，再爬起來，一發力，又倒下了。新娘倒在雪地上又急又羞，一骨碌自己便站起來了，很威風地往婆家走。阿江在眾人的哄笑聲中跟在新娘的後頭不住地說：「鞋子太滑，鞋子太滑。」臭鎮人在當天晚上就給新郎和新娘起了兩個綽號，阿江叫「鞋子太滑」，惠嫂叫「你快點吵」，看上去像一對日本夫婦。

然而這兩個綽號只被人們叫了十年，十年之後人們就不叫了。篾匠阿江生下第五個女兒之後生了病，一吃就吐。天天往外吐，天天往下瘦。惠嫂很愁，老是向鄰居說：「他的嗓子怎麼變得這麼淺？」

後來惠嫂借了一些錢，陪阿江到縣城裡頭去化驗，旅店就住了六、七天。後來醫生對惠嫂說：「回去吧，給他做點好吃的。」惠嫂聽到這話就像跌到雪地上了，蹺了兩條腿，而阿江總是站不起來，一站就滑倒了。後來惠嫂只好用手撐了雪地自己爬起來。爬起來之後一雙手感覺到了徹骨的冰涼。惠嫂回到旅店裡頭，笑嘻嘻地說：「回去吧，吃點好東西就沒事。」阿江說：「原來是饞出來的病，我就是愛吃肉，你總是捨不得。」惠嫂笑著說：「回家去，我給你饞病饞治。」

惠嫂回到臭鎮就去找豬頭阿三去了。豬頭阿三是臭鎮唯一的小刀手，在油秤桿上手指頭很鬼。只要賣完三隻豬，他總能賺下一隻豬頭。人們叫他豬頭阿三也就順理成章了。惠嫂找到阿三的時候他正坐在肉案旁邊打呼嚕，嘴裡咬了一根火柴，幾隻紅頭蒼蠅正圍著他的腦袋盤旋紛飛。惠嫂往四周看了看，拿起油秤砣在油秤盤裡敲了兩下。說：「給我切二斤肉，要肥。」阿三吐掉火柴，瞇了一雙迷濛的眼睛瞄秤星。惠嫂收好肉低了聲音對阿三說：「你晚上別閂門，我切你一回肉，給你睡一回。」阿江當天晚上吃了惠嫂做成的紅燒肉，但是不行，進去多少又吐出來多少。阿江仰了頭說：「怎麼弄的？」惠嫂說：「你吃慢一點，慢慢嚼。病去如抽絲，要慢慢抽。」

睡了兩次豬頭阿三就不高興了。阿三說：「你又不喊，又不喘，就會岔腿，哪裡值二斤肉。」惠嫂說：「說好了的，只給你睡。」阿三說：「母豬快活了還哼兩聲呢。」惠嫂說：「放你娘豬屁。」阿三討好地說：「你喘我一口氣，四斤，好不好？」惠嫂給阿三的小肚子就一腳，說：「喘你娘豬屁。」

豬肉沒有把阿江的性命搶回來。他一遍又一遍地吐，他的性命就這麼讓他一口一口吐光了。惠嫂在丈夫的嘔吐生涯中學會了微笑，從早到晚都像喜在心頭。那一天清早阿江終於死掉了，他在臨死之前把惠嫂的耳朵要到自己的唇邊來，說：「什麼病？」惠嫂把嘴巴伸到阿江的耳廓，說：「沒有病。」阿江聽到這話就生氣，伸出手去想抽惠嫂，他的手只抽了一半，隨後就掉在草薦上了。惠嫂握住阿江的手，他的手開始變冷，身子裡的熱氣沿著胳膊一點一點往後退，惠嫂用兩隻手去摁，但是熱氣總是摁不住。惠嫂的手摁到阿江的胸口時阿江的身子就全涼掉了。然而阿江的眼睛還睜著，十分寧靜地凝視惠嫂。惠嫂推了一把。阿江沒動，望著她，惠嫂又推，輕聲喊阿江的名字。阿江沒有理她，望著她。惠嫂不敢哭，反反覆覆對別人說：「眼睛睜著呢。」

阿江入殮的那天惠嫂沒有任何動靜。惠嫂坐在阿江的身邊，身體四周彌漫了飄飛的紙錢。不少人走上來勸惠嫂，說：「快點哭，用勁哭。」惠嫂說：「眼睛還睜著呢。」阿江的整個喪事惠嫂沒有哭出一點聲音，她的身子像鷙鳥投在地面的陰影，無聲無息，盤旋在屍體旁邊，散發出屍體的氣味。誰都看出來了，這樣下去惠嫂一定會憋出毛病來的。從墓地回來之後惠嫂也沒有弄出什麼動靜，只是睡，有月亮沒太陽地睡。六、七天之後惠嫂就起來了，她走路的樣子有一種陰涼駭人的效果，真的像行屍，或者走肉。

惠嫂的憂傷和悲痛爆發在半年之後。半年之後臭鎮死掉了一位七十四歲的老者。臭鎮那麼大，死人的事是經常發生的。惠嫂與這位死者沒有任何關係，但是惠嫂聽到了哭喪的聲音，就走過去看。惠嫂在看到屍體的那個瞬間心裡的傷心十分澎湃地洶湧上來，像秋後的蘆葦花，在承受某種抽擊之後蒼白的花絮一下子紛揚而又散亂了。惠嫂撲上去，不是抽泣，而是號哭。幾個哭喪的女人認出了惠嫂，她們讓開一道縫隙，讓惠嫂插進來。惠嫂的參與使喪禮的性質發生了變化，成了最出色的喪禮。整個臭鎮都聽到了惠嫂的傾力哭訴，直至惠嫂的最後暈厥。

惠嫂的這次友情哭喪給惠嫂帶來了名氣。人們都說，惠嫂哭得好，嗓門大，不惜力氣，看得見傷心傷膽傷肝傷肺。人們都說，喪禮上只要有惠嫂，再寡情的人家也能讓死者有臉有面地走上黃泉路。沒幾天就有人上門來預定，說家裡的老人眼看就不行了，請惠嫂去撐撐場面。惠嫂說，知道了，人一走我就上門哭。

惠嫂的哭泣生涯在她的頂峰受到了挫折。這時的惠嫂已經是一個四十開外的女人了。臭鎮所有的死亡事件中惠嫂的哭泣一直占有一席之地。但偶然的事態從來就不可避免，死亡事件也只能如此。一位五歲的男孩死了。他為了水面上的一隻小水馬，掉進了小柳河。這個傍晚時分的惡性事件震驚了臭鎮。許多人趕到五歲男孩的家裡，看見孩子的母親披頭散髮，形若木雞，看見孩子的父親手捧著屍體不會言語。惠嫂的哭泣在這樣的時刻顯得不適時宜。她大叫一聲：天啦，天啦！隨後就放開了喉嚨。男孩對門的鄰居從人縫裡擠進來，往惠嫂的手上塞了兩塊錢，輕聲說：「惠嫂，走吧。」惠嫂哭得正傷心，沒有理會。鄰居的口氣硬了，說：「拿上錢，別哭了！」惠嫂回過頭，說：「我要錢做什麼？我哪裡也不去。」

惠嫂是被鄰居強行從堂屋裡拉出來的。堂屋裡正安靜，像水的憂傷平面，正吃力地支撐一隻小水馬。鄰居指著堂屋，壓低了聲音厲聲說：「再在這裡哭我就不客氣了。」惠嫂用手捂住嘴，說：「我止不住。」鄰居說：「止不住就走！」惠嫂很羞愧地看看別人，轉過身去。她遠去的身影顯示出一種努力，忍住哭泣。她的身影消失得迅速而又慌亂，像黃昏時分的獨身蝙蝠，拐進了某一個黑色彎口。

不能在外面哭，只能到家裡來。惠嫂在這一天的夜裡哭了很久。她面對亡夫的牌位用力號哭。臭鎮的許多人都聽見了。人們說：「惠嫂這個女人怎麼弄的，有理沒理就會瞎哭一通。」還是惠嫂的大女兒紅菱喝住惠嫂了，大女兒紅菱說：「還睡不睡啦？」惠嫂說：「我不要睡，哭幾下就歇過來了。」紅菱說：「別人還睡不睡啦？」惠嫂停下來，很不高興地說：「不哭了。睡。」紅菱生氣地說：「往後不許在家裡哭，晦氣！」

惠嫂在第二天下午就到墳地哭墳去了。女兒不許在家裡哭，惠嫂只能到很遠的墳上去。她坐在亡夫的墓前向亡夫訴說了許多傷心的事。她說她被人欺侮。她說女兒大了，一天一天往當媽的頭上爬。她說她從來沒有對不起「你的」三個女兒。惠嫂重複了一遍又一遍，訴說了一遍又一遍。好幾隻狐狸都被她的哭聲招過來了。狐狸們遠遠地打量惠嫂，牠們愛莫能助，只好回過頭去不聲不響地走掉。這一回惠嫂總算把心裡的傷心哭乾淨了。傷心的女人和死人說幾句話日子就會重新亮麗起來。哭完了惠嫂只覺得神清氣爽，她的心情平復了，用她自己的話說，叫「歇過來了」。惠嫂對自己說：「再也不哭了。」

惠嫂在戒哭之後才知道自己早就哭上癮了。癮這個東西很鬼壞，平時不顯山不露水，你一戒反而把它戒出脾氣來了。幾十天不哭惠嫂就瘦下去了。哭泣是一件傷心的事情，然而對於當事人來說卻是一種撫慰與幸福。惠嫂好幾次想放開喉嚨，看了看紅菱的臉色，又不敢了。惠嫂為不敢哭泣而想哭泣。惠嫂對紅菱說：「丫頭，你讓我在家裡哭一回吧？」紅菱說：「誰不讓你哭啦？總得有事吧？日子過得好好的，哭什麼哭？」惠嫂說：「哭過了心裡頭熨帖。」紅菱說：「你熨帖別人就起皺。」惠嫂說：「讓我哭一回吧？」紅菱摔上門，大聲說：「實在想哭我去上吊，讓你哭夠了！」惠嫂止住眼淚，望著大女兒的背影，說：「丫頭，怎麼能說這種話？」紅菱回過頭厲聲地說：「晦氣，這個家就是讓你哭窮了的，燕子都不來了！」惠嫂愣在那裡，愣了好半天，惠嫂望著空無一人的巷口，跺了腳說：「我找你爹說去！」

是癮就有可能復發，尤其在誘因充分的時候。惠嫂的友情哭喪並沒有完全終止，機會好的時候還會客串一下的。惠嫂知道機會難得，因而也就格外賣力，格外用心。一不小心就會把嗓子弄沙掉。惠嫂在嗓子沙啞的日子裡小心翼翼，靜悄悄地把所有的家務都做了，一副知錯就改，巴結討好的樣子。剩下來的日子惠嫂時刻注視著臭鎮的死亡跡象，一有人噓氣惠嫂馬上就興奮起來了，嗓子裡產生了類似於歌唱的欲望。哭泣生涯使她越來越接近於一種母獸專門留意同種獸類的屍首。惠嫂自語說：「我快像畜牲了。」

這一年的冬天惠嫂的大女兒紅菱出嫁了。紅菱的年紀與晚婚這個政策相差很遠，但是紅菱有辦法，她就是要把自己早早嫁出去。紅菱沒有和母親商量，只是告訴惠嫂，她要嫁人了。惠嫂從紅菱的口氣裡聽出來了，她想早一點離開她，離開這個家。惠嫂聽了紅菱的話傷心直往上翻，但是惠嫂這一回卻忍住了，沒有想哭的意思。惠嫂說：「嫁吧，我也是嫁了人才做你媽的。」

然而婚禮極不順利。婚禮那一天天上意外地下起了雪。惠嫂望著天，心裡頭涼下去一大塊。雪往下飄，一副事不關己的樣子，悠然得過了頭。惠嫂知道這場雪在等她，等了幾十年了。惠嫂說：「我就不信我鬥不過你！」

惠嫂回到家裡，拿了一張長凳橫在了門口。這時候婚禮剛剛要進入高潮。女婿被這個突來的變故弄得不知所措。他正在撒喜菸，居然昏頭昏腦地把香菸遞到丈母娘手上去了。女婿小心地問：「媽，這是幹什麼？」

「天要下雪，娘要留人。」

女婿從口袋裡掏出幾張錢，說：「還有什麼要求，你儘管說。」

「雪不乾，人不許走！」

這麼說著話紅菱卻從裡間走到堂屋裡來了。紅菱的身上有紅有綠，從頭到腳都喜氣洋洋。惠嫂只顧了和女婿說話，一點都沒有留意紅菱已經從長凳子上跨過去了。跨過長凳之後紅菱徑直往外面走，雪地上留下了她的腳印，又踏實又從容，又等距又清晰，看得出義無反顧。走出去十來步了紅菱才回過頭來，對她的男人說：「還愣在那裡做什麼？」

一九九六年第十期《作品》

哺乳期的女人

斷橋鎮除了老人孩子只剩下幾個中年婦女了。惠嫂的無遮無攔給旺旺帶來了企盼與憂傷。旺旺被奶香纏繞住了，憂傷如奶香一樣無力，奶香一樣不絕如縷。

斷橋鎮只有兩條路，一條是三米多寬的石巷，一條是四米多寬的夾河。三排民居就是沿著石巷和夾河次第鋪排開來的，都是統一的二層閣樓，樓與樓之間幾乎沒有間隙，這樣的關係使斷橋鎮的鄰居只有「對門」和「隔壁」這兩種局面，當然，閣樓所連成的三條線並不是筆直的，它的蜿蜒程度等同於夾河的彎曲程度。斷橋鎮的石巷很安靜，從頭到尾洋溢著石頭的光芒，又乾淨又安詳。夾河裡頭也是水面如鏡，那些石橋的拱形倒影就那麼靜臥在水裡頭，千百年了，身姿都龍鍾了，有小舢板過來它們就顫悠悠地讓開去，小舢板一過去它們便駝了背脊再回到原來的地方去。不過夾河到了斷橋鎮的最東頭就不是夾河了，它匯進了一條相當闊大的水面，這條水面對斷橋鎮的年輕人來說意義重大，斷橋鎮所有的年輕人都是在這條水面上開始他們的人生航程的。他們不喜歡斷橋鎮上石頭與水的反光，一到歲數便向著遠方世界蜂擁而去。斷橋鎮的年輕人沿著水路消逝得無影無蹤，都來不及在水面上留下背影。好在水面一直都是一副不記事的樣子。旺旺家和惠嫂家對門。中間隔了一道石巷，惠嫂家傍山，是一座二、三十米高的土丘；旺旺家依水，就是那條夾河。旺旺是一個七歲的男孩，其實並不叫旺旺。但是旺旺的手上整天都要提一袋旺旺餅乾或旺旺雪餅，大家就喊他旺旺，旺旺的爺爺也這麼叫，又順口又喜氣。旺旺一生下來就跟了爺爺了。他的爸爸和媽媽在一條拖掛船上跑運輸，掙了不少錢，已經把旺旺的戶口買到縣城裡去了。旺旺的媽媽說，他們掙的錢才夠旺旺讀大學，等到旺旺買房、成親的錢都回來，他們就回老家，開一個醬油鋪子。他們這刻兒正四處漂泊，家鄉早就不是斷橋鎮了，而是水，或者說是水路。斷橋鎮在他們的記憶中越來越概念化了，只是一行字，只是匯款單上遙遠的收款地址。匯款單成了鰥父的兒女，匯款單也就成了獨子旺旺的父母。

旺旺沒事的時候坐在自家的石門檻上看行人。手裡提著一袋旺旺餅乾或旺旺雪餅。旺旺的父親在匯款單左側的紙片上關照的，「每天一袋旺旺」。旺旺吃膩了餅乾，但是爺爺不許他空著手坐在門檻上。旺旺無聊，坐久了就會把手伸到褲襠裡，掏雞雞玩。一手提著袋子，一手捏住餅乾，就好了。旺旺坐在門檻上剛好替惠嫂看雜貨舖。惠嫂家的底樓其實就是一舖子。有人來了旺旺便尖叫。旺旺一叫惠嫂就從後頭笑嘻嘻地走了出來。

惠嫂原來也在外頭，一九九六年的開春才回到斷橋鎮。惠嫂回家是生孩子的，生了一個男孩，還在吃奶。旺旺沒有吃過母奶。爺爺說，旺旺的媽天生就沒有汁。旺旺銜他媽媽的奶頭只有一次，吮不出內容，媽媽就叫疼，旺旺生下來不久便讓媽媽送到奶奶這邊來了，那時候奶奶還沒有埋到後山去。同時送來的還有一只不鏽鋼碗和不鏽鋼調羹。奶奶把乳糕、牛奶、亨氏營養奶糊、雞蛋黃、豆粉盛在鋥亮的不鏽鋼碗裡，再用鋥亮的不鏽鋼調羹一點一點送到旺旺的嘴巴裡。吃完了旺旺便笑，奶奶便用不鏽鋼調羹擊打不鏽鋼空碗，發出悅耳冰涼的工業品聲響。奶奶說：「這是什麼？這是你媽的奶子。」旺旺長得結結實實的，用奶奶的話說，比拱奶頭拱出來的奶丸子還要硬錚。不過旺旺的爺爺倒是常說，現在的女人不行的，沒水分，肚子讓國家計畫了，奶子總不該跟著瞎計畫的。這時候奶奶總是對旺旺說，你老子吃我吃到五歲呢。吃到五歲呢。既像為自己驕傲又像替兒子高興。

不過惠嫂是例外。惠嫂的臉、眼、唇、手臂和小腿都給人圓嘟嘟的印象。矮墩墩胖乎乎的，又渾厚又溜圓。惠嫂面如滿月，健康，親切，見了人就笑，笑起來臉很光潤，兩隻細小的酒窩便會在下唇的兩側窩出來，有一種產後的充盈與產後的幸福，通身籠罩了乳汁芬芳，濃郁綿軟，鼻頭猛吸一下便又似有若無。惠嫂的乳房碩健巨大，在襯衣的背後分外醒目，而乳汁也就源遠流長了，給人以取之不盡、用之不竭的印象。惠嫂給孩子餵奶格外動人，她總是坐到舖子的外側來。惠嫂不解鈕子，直接把襯衣撩上去，把兒子的頭擱到肘彎裡，而後將身子靠過去。等兒子銜住了才把上身直起來。惠嫂餵奶總是把脖子傾得很長，撫弄兒子的小指甲或小耳垂，弄住了便不放了。有人來買東西，惠嫂就說：「自己拿。」要找錢，惠嫂也說：「自己拿。」旺旺一直留意惠嫂餵奶的美好靜態，惠嫂的乳房因乳水的腫脹洋溢出過分的母性，天藍色的血管隱藏在表層下面。旺旺堅信惠嫂的奶水就是天藍色的，溫暖卻清涼。惠嫂兒子吃奶時總要有一隻手扶住媽媽的乳房，那隻手又乾淨又嬌嫩，撫在乳房的外側，在陽光下面不像是被照耀，而是乳房和手自己就會放射出陽光來，有一種半透明的晶瑩效果，近乎聖潔，近乎妖嬈。惠嫂餵奶從來不避諱什麼，事實上，斷橋鎮除了老人孩子只剩下幾個中年婦女了。惠嫂的無遮無攔給旺旺帶來了企盼與憂傷。旺旺被奶香纏繞住了，憂傷如奶香一樣無力，奶香一樣不絕如縷。

惠嫂做夢也沒有想到旺旺會做出這種事來。惠嫂坐在石門檻上給孩子餵奶，旺旺坐在對面隔著一條青石巷呢。惠嫂的兒子只吃了一隻奶子就飽了，惠嫂把另一隻送過去，她的兒子竟讓開了，嘴裡吐出奶的泡沫。但是惠嫂的這隻乳房脹得厲害，便決定擠掉一些，惠嫂側身站到牆邊，雙手握住了自己的奶子，用力一擠，奶水就噴湧出來了，一條線，帶著一道弧線。旺旺一直注視著惠嫂的舉動。旺旺看見那條雪白的乳汁噴在牆上，被牆的青磚吸乾淨了。旺旺聞到了那股奶香，在青石巷十分溫暖十分慈祥地四處彌漫。旺旺悄悄走到對面去，躲在牆的拐角。惠嫂擠完了又把兒子抱到腿上來，孩子在哼唧，惠嫂又把襯衣撩上去。但孩子不肯吃，只是拍著媽媽的乳房自己和自己玩，嘴裡說一些單調的聽不懂的聲音。惠嫂一點都沒有留神旺旺已經過來了。旺旺撥開嬰孩的手，埋下腦袋對準惠嫂的乳房就是一口。咬住了，不放。惠嫂的一聲尖叫在中午的青石巷裡又突兀又悠長，把半個斷橋鎮都吵醒了。要不是這一聲尖叫旺旺肯定還是不肯鬆口的。旺旺沒有跑，他半張著嘴巴，表情又愣又傻。旺旺看見惠嫂的右乳上印上了一對半圓形的牙印與血痕，惠嫂回過神來，還沒有來得及安撫驚啼的孩子，左鄰右舍就來人了。惠嫂又疼又羞，責怪旺旺說：「旺旺，你要死了。」

旺旺的舉動在當天下午便傳遍了斷橋鎮。這個沒有報紙的小鎮到處在口播這條當日新聞。人們的話題自然集中在性上頭，只是沒有挑明了說。人們說：「要死了，小東西才七歲就這樣了。」人們說：「斷橋鎮的大人也沒有這麼流氓過。」當然，人們的心情並不沉重，是愉快的，新奇的。人們都知道惠嫂的奶子讓旺旺咬了，有人就拿惠嫂開心，在她的背後高聲叫喊電視上的那句廣告詞，說：「惠嫂，大家都『旺』一下。」這話很逗人，大夥都笑，惠嫂也笑。但是惠嫂的婆婆顯得不開心，拉著一張臉走出來說：「水開了。」

旺旺爺知道下午的事是在晚飯之後。儘管家裡只有爺孫兩個，爺爺每天還要做三頓飯，每頓飯都要親手給旺旺餵下去。那只不鏽鋼碗和不鏽鋼調羹和昔日一樣鋥亮，看不出磨損與鏽蝕。爺爺上了歲數，牙掉了，那根老舌頭也就沒人管了，越發無法無天，嘮叨起來沒完。往旺旺的嘴裡餵一口就要嘮叨一句，「張開嘴吃，閉上嘴嚼，吃完了上床睡大覺。」「一口蛋，一口肉，長大了掙錢不發愁。」諸如此類，都是他自編的順口溜。但是旺旺今天不肯吃。調羹從右邊餵過來他讓到左邊去，從左來了又讓到右邊去。爺爺說：「蛋也不吃，肉也不咬，將來怎麼掙鈔票？」旺旺的眼睛一直盯住惠嫂家那邊。惠嫂家的舖子裡有許多食品。爺爺問：「想要什麼？」旺旺不開口。爺爺說：「士力架？」爺爺說：「德芙巧克力？」爺爺說：「親親八寶粥？」旺旺不開口，親親八寶粥旁邊是澳洲的全脂奶粉，爺爺說：「想吃奶？」旺旺回過頭，淚汪汪地正視爺爺。爺爺知道孫子想吃奶，到對門去買了一袋，用水沖了，端到旺旺的面前來。說：「旺旺吃奶了。」旺旺咬住不鏽鋼調羹，吐在了地上，順手便把那只不鏽鋼碗也打翻了。不鏽鋼在石頭地面活蹦亂跳，發出冰涼的金屬聲響。爺爺向旺旺的腮邊伸出巴掌，大聲說：「撿起來！」旺旺不動，像一塊鹹魚，翻著一雙白眼。爺爺把巴掌舉高了，說：「撿不撿？」又高了，說：「撿不撿？」爺爺的巴掌舉得越高，離旺旺也就越遠。爺爺放下巴掌，說：「小祖宗，撿呀！」

是爺爺自己把不鏽鋼餐具撿起來了。爺爺說：「你怎麼能扔這個？你就是這個餵大的，這可是你的奶水，你還扔不扔？啊？扔不扔？——還有七個月就過年了，你看我不告訴你爸媽！」

按照生活常規，晚飯過後，旺旺爺到南門屋簷下的石碼頭上洗碗。隔壁的劉三爺在洗衣裳。劉三爺一見到旺旺爺便笑，笑得很鬼。劉三爺說：「旺爺，你家旺旺吃人家惠嫂豆腐，你教的吧？」旺旺爺聽不明白，但從劉三爺的皺紋裡看到了七拐八彎的東西。劉三爺瞟他一眼，小聲說：「你孫子下午把惠嫂的奶子啃了，出血啦！」

旺旺爺明白過來腦子裡就轟隆一聲。可了不得了。這還了得？旺旺爺轉過身就操起掃帚，倒過來握在手上，揪起旺旺衝著屁股就是三四下，小東西沒有哭，淚水汪了一眼，掉下來一顆，又汪開來，又掉。他的淚無聲無息，有一種出格的疼痛和出格的悲傷。這種哭法讓人心軟，教大人再也下不了手。旺旺爺丟了掃帚，厲聲詰問說：「誰教你的？是哪一個畜生教你的？」旺旺不語。旺旺低下頭淚珠又一大顆一大顆往下掉。旺旺爺長歎一口氣，說：「反正還有七個月就過年了。」

旺旺的爸爸和媽媽每年只回斷橋鎮一次。一次六天，也就是大年三十到正月初五。旺旺的媽媽每次見旺旺之前都預備了好多激情，一見到旺旺又是抱又是親。旺旺總有些生分，好多舉動一下子不太做得出。這樣一來旺旺被媽媽摟著就有些受罪的樣子，被媽媽擺弄過來又擺弄過去。有些疼。有些彆扭。有些需要拒絕和掙扎的地方。後來爸爸媽媽就會取出許多好玩的好吃的，都是與電視廣告幾乎同步的好東西，花花綠綠一大堆，旺旺這時候就會幸福，愣頭愣腦地把肚子吃壞掉。旺旺總是在初三或者初四開始熟悉和喜歡他的爸爸和媽媽，喜歡他們的聲音，氣味。一喜歡便想把自己全部依賴過去，但每一次他剛剛依賴過去他們就突然消失了。旺旺總是撲空，總是落不到實處。這種壞感覺旺旺還沒有學會用一句完整的話把它們說出來。旺旺就不說。初五的清早他們肯定要走的。旺旺在初四的晚上往往睡得很遲，到了初五的早上就醒不來了，爸爸的大拖掛就泊在鎮東的闊大水面上。他們放下一條小舢板沿著夾河一直划到自家的屋簷底下。走的時候當然也是這樣，從窗欞上解下繩子，沿夾河划到東頭，然後，拖掛的粗重汽笛吼叫兩聲，他們的拖掛就遠去了。他們走遠了太陽就會升起來。旺旺趕來的時候天上只有太陽，地上只有水。旺旺的瞳孔裡頭只剩下一顆冬天的太陽，一汪冬天的水。太陽離開水面的時候總是拽著的，扯拉著的，有了痛楚和流血的症狀。然後太陽就升高了，蒼茫的水面成了金子與銀子鋪成的路。

由於旺旺的意外襲擊，惠嫂的餵奶自然變得小心些了。惠嫂總是躲在櫃檯的後面，再解開上衣上的第二個鈕釦。但是接下來的兩天惠嫂沒有看見旺旺。原來天天在眼皮底下，不太留意，現在看不見，反倒格外惹眼了。惠嫂中午見到旺旺爺，順嘴說：「旺爺，怎麼沒見旺旺了？」旺旺的爺爺這幾天一直羞於碰上惠嫂，就像劉三爺說的那樣，要是惠嫂也以為旺旺那樣是爺爺教的，那可要羞死一張老臉了。旺旺爺還是讓惠嫂堵住了，一雙老眼也不敢看她。旺旺爺順著嘴說：「在醫院裡頭打吊針呢。」惠嫂說：「怎麼了？好好的怎麼去打吊針了？」旺旺爺說：「發高燒，退不下去。」惠嫂說：「你嚇唬孩子了吧？」旺旺爺十分愧疚地說：「不打不罵不成人。」惠嫂把孩子換到另一隻手上去，有些責怪，說：「旺爺你說什麼嘛？七歲的孩子，又能做錯什麼？」旺旺爺說：「不打不罵不成人。」惠嫂說：「沒有傷著我的，就破了一點皮，都好了。」這麼一說旺旺爺又低下頭去了，紅著臉說：「我從來都沒有和他說過那些，從來沒有。都是現在的電視教壞了。」惠嫂有些不高興，甚至有些難受，說話的口氣也重了：「旺爺你都說了什麼嘛？」

旺旺出院後人瘦下去一圈。眼睛大了，眼皮也雙了。嘎樣子少了一些，都有點文靜了。惠嫂說：「旺旺都病得好看了。」旺旺回家後再也不坐石門檻了，惠嫂猜得出是旺爺定下的新規矩，然而惠嫂知道旺旺躲在門縫的背後看自己餵奶，他的黑眼睛總是在某一個圓洞或木板的縫隙裡憂傷地閃爍。旺爺不讓旺旺和惠嫂有任何靠近，這讓惠嫂有一種說不出的難受。旺旺因此而越發鬼祟，越發像幽靈一樣無聲遊蕩了。惠嫂有一回抱著孩子給旺旺送幾塊水果糖過來，惠嫂替他的兒子奶聲奶氣地說：「旺旺哥呢？我們請旺旺哥吃糖糖。」旺旺一見到惠嫂便藏到樓梯的背後去了。爺爺把惠嫂攔住說：「不能這樣沒規矩。」惠嫂被攔在門外，臉上有些掛不住，都忘了學兒子說話了，說：「就幾塊糖嘛。」旺爺虎著臉說：「不能這樣沒規矩。」惠嫂臨走前回頭看一眼旺旺，旺旺的眼神讓所有當媽媽的女人看了都心酸，惠嫂說：「旺旺，過來。」爺爺說：「旺旺！」惠嫂說：「旺爺你這是幹什麼嘛！」但旺旺在偷看，這個無聲的祕密只有旺旺和惠嫂兩個人明白。這樣下去旺旺會瘋掉的，要不就是惠嫂瘋掉。許多中午的陽光下面狹長的石巷兩邊悄然存放著這樣的祕密。瘦長的陽光帶橫在青石路面上，這邊是陰涼，那邊也是陰涼。陽光顯得有些過分了，把傍山依水的斷橋鎮十分銳利地劈成了兩半，一邊傍山，一邊依水。一邊憂傷，另一邊還是憂傷。

旺爺在午睡的時候也會打呼嚕的。旺爺剛打上呼嚕旺旺就逃到樓下來了。趴在木板上打量對面，旺旺就是在這天讓惠嫂抓住的。惠嫂抓住他的腕彎，旺旺的臉給嚇得脫去了顏色。惠嫂悄聲說：「別怕，跟我過來。」旺旺被惠嫂拖到雜貨鋪的後院。後院外面就是山坡，金色的陽光正照在坡面上，坡面是大片大片的綠，又茂盛又肥沃，油油的全是太陽的綠色反光。旺旺喘著粗氣，有些怕，被那陣奶香裹住了。惠嫂蹲下身子，撩起上衣，巨大渾圓的乳房明白無誤地呈現在旺旺的面前。旺旺被那股氣味弄得心碎，那是氣味的母親，氣味的至高無上。惠嫂摸著旺旺的頭，輕聲說：「吃吧，吃。」旺旺不敢動。那隻讓他牽魂的母親和他近在咫尺，就在鼻尖底下，伸手可及。旺旺抬起頭來，一抬頭就汪了滿眼淚，臉上又羞愧又惶恐。惠嫂說：「是我，你吃我，吃。——別咬，銜住了，慢慢吸。」旺旺把頭靠過來，兩隻小手慢慢抬起來了，抱向了惠嫂的右乳。但旺旺的雙手在最後的關頭卻停住了。旺旺萬分委屈地說：「我不。」

惠嫂說：「傻孩子，弟弟吃不完的。」

旺旺流出淚，他的淚在陽光底下發出六角形的光芒，有一種爍人的模樣。旺旺盯住惠嫂的乳房拖著哭腔說：「我不。不是我媽媽！」旺旺丟下這句沒頭沒腦的話回頭就跑掉了。惠嫂拽下上衣，跟出去，大聲喊道：「旺旺，旺旺……」旺旺逃回家，反閂上門。整個過程在幽靜的正午顯得驚天動地。惠嫂的聲音幾乎也成了哭腔。她的手拍在門上，失聲喊道：「旺旺！」

旺旺的家裡沒有聲音。過了一刻旺爺的鼾聲就終止了。響起了急促的下樓聲。再過了一會兒，屋裡發出了另一種聲音，是一把尺子抽在肉上的悶響，惠嫂站在原處，傷心地喊：「旺爺，旺爺！」

又圍過來許多人。人們看見惠嫂拍門的樣子就知道旺旺這小東西又「出事」了。有人沉重地說：「這小東西，好不了啦。」

惠嫂回過頭來。她的淚水泛起了一臉青光，像母獸。有些驚人。惠嫂凶悍異常地吼道：「你們走！走——！你們知道什麼？」

一九九六年第八期《作家》

臭鎮的一九七七

買臭豆腐的隊伍一直拖到理髮店門口，他們把碗夾在左腋底下，十分耐心地往前挪步，所有的人都有這樣一個堅定信念，（我）離臭豆腐已經不遠了。

消息被證實之前稱作小道消息。小道消息說，四新醬菜店（即舊時最著名的三和醬園）的掛槳機動船從縣城回來了。船上放著三甕臭豆腐。這個消息令人振奮。不過臭鎮人對好消息一般是有所保留的，都採取將信將疑這種兩可態度。臭鎮的古語說，隔山的金子不如銅。對銅就不能太熱情。等親眼看見臭豆腐了，等臭豆腐放到自家的餐桌上了，再高興又能遲到哪裡去？小道消息傳開來之前臭鎮的每家每戶還是做好了預備的，取出一只碗，放在最順手的地方，碗裡放上六七枚硬幣，一有風吹草動就迅速出動。一九七七年的臭鎮人對付好消息早就有自己的辦法：守株待兔，即以靜制動。好消息一旦撞上大樹，臭鎮人當然會提著好消息的兩隻耳朵或一條後腿回家去的。如果好消息不往大樹上撞，臭鎮人就等，等一天是一天。

下午三點鐘小道消息得到證實了，屬實。臭鎮革委會的大院傳出消息了，大院內的每一戶人家都分到了四塊臭豆腐，共一甕。這就是說，還有兩甕臭豆腐貯存在四新醬菜店裡頭。三點二十五分，四新醬菜店的門口突然掛出了一塊小黑板，小黑板的上方有一排毛體紅漆字，「為人民服務」，店主顧老頭在黑板的正中央用粉筆確認了一條好消息：今天出售臭豆腐。臭鎮中學的一位退休教師把這行字高聲誦讀了一遍，聽上去就像吟詠一首七言舊詩。好消息歷來就是蜈蚣，渾身長滿了腿，爬得飛快，無孔不入，三點三十分，四新醬菜店的門口擠滿了臭鎮人。店主顧老頭長了一雙三角眼，眼珠始終吊在眼眶的上眼皮上，這樣的眼睛茫然而又滯鈍。顧老頭用醬黑色的秤砣敲一敲醬黑色的櫃檯，沙了嗓子說：「排隊，排隊才賣！」人群一陣騷動，為先後次序而爭吵而推搡。三點三十五分，顧老頭側過臉，莊嚴宣布：「起封。」宣布完畢顧老頭向人群伸出了右手的中指和食指，軟軟地晃兩晃，說：「一人兩塊，多了不賣。」

這個故事是圍繞著臭豆腐產生的。但首先被敘述的應當是豆腐，這是由豆腐的質地與名氣所決定的。從外觀上說，豆腐十分接近於那些嫻靜的淑女，體態端方，通體無瑕。然而，這只是一個假象。事實上，豆腐的名聲很不好，只要用指頭撫摩兩下，它的身子馬上就會無聲無息地裂開來了。這可不太好。人們對豆腐的這種條件反射產生了憂慮。為了挽救豆腐，人們想盡了辦法。解決這一科學難題的是偉大的臭鎮人。臭鎮人依照祖上最通行的方式，把豆腐的體積切小了，碼進了醬缸，臭上那麼一下，情形即刻得到了改觀，一塊豆腐爛下去，七八塊臭豆腐在成長。臭鎮人都說，這全是為了豆腐的好。

接下來要敘述的當然就是臭豆腐。

豆腐被臭上那麼一下，成了臭豆腐。但臭豆腐是否好吃，成了一個大問題。但你要知道臭豆腐的滋味，就要親口嘗一嘗。不嘗不知道，嘗了嚇一跳。人們驚呼，這哪裡是臭，這分明是香！人們給臭豆腐做出了這樣的總結，聞起來臭，吃起來香。這句話成了經典，它揭示了醬缸漚出來的臭與口腔體會到的香所產生的輔助關係。臭鎮人說，這世上根本就沒有臭，臭其實就是香，不就是古怪一點，間接一點麼？

臭鎮原先以豆腐出名，後來豆腐被碼進了醬缸，豆腐的名聲就下去。不過臭豆腐的名氣卻一天比一天看漲。這個消長過程就發生在康乾盛世的乾隆年間。那一年乾隆爺第五次下江南，他老人家的龍舟路過了臭鎮，這位風流皇帝就是在這次南巡的路上吃到了天下最好的臭豆腐。他吃得滿面油光。吃完臭豆腐乾隆爺來了豪興，欣然運筆，寫下了「大臭若香」四個臭氣烘烘的大字。接下來就把「臭鎮」這個名字御賜給了臭鎮的臣民。臭鎮就此聞名。不過近來有人發現，臭鎮的聞名比滿清的入關要悠久得多，上述傳說完全是戲說乾隆，不是歷史。但臭鎮真的很出名，這個千真萬確，不需要動用典籍去證明，事實擺在那兒。

在臭鎮，豆腐和臭豆腐的話題都過於源遠流長，現在只說一九七七年的事，公元一九七七年的臭鎮有一個顯著特徵，那就是百廢待興。百廢待興的日子有另一個顯著特徵，食品與副食品普遍匱缺。在公元一九七七年，臭鎮最著名的醬菜店裡也只有鹽、醬、醬油這幾種日用必需品。臭鎮人很久不吃臭豆腐了。買豆腐也要排上很長的隊伍。由於缺乏臭豆腐與豆腐的滋養，臭鎮人男的蔫，女的乾。臭鎮的女人原先可是姣好得出了名的，豆腐一樣白嫩，人人渾身雅豔，個個遍體嬌香，惹得光棍漢們都想把她們碼進醬缸裡去。到了一九七七年就不行了，男男女女全是一副百廢待興的死樣子。

就在這樣的時候四新醬菜店的顧老頭決定為人民服務了，他宣布，今天出售臭豆腐。

顧老頭端坐在四新醬菜店的櫃檯後面，神情莊重地注視一筆又一筆臭豆腐買賣，顧老頭的頭髮都花白了，又亂又稀，點綴在紅而油亮的頭皮上。但四新醬菜店依舊是黑乎乎的，所有的陳設與支架都讓醬油醃透了，呈現出醬油或醋的鹽潮與滷濕。買臭豆腐的隊伍一直拖到理髮店門口，人們的表情熱切而又克制，像從理髮店的鏡子中撈出來的一樣，又清澈又明亮，他們把碗夾在左腋底下，十分耐心地往前挪步，所有的人都有這樣一個堅定信念，（我）離臭豆腐已經不遠了。

但隊伍裡頭還是發生騷亂了。在這支隊伍的中都站立著臭鎮著名的雙胞胎兄弟，他們一人夾一只碗，身體的重心不停地在左腿和右腿上移動，顯得焦躁不安。他們中間隔了一位女孩，瘸篾匠鐵拐李的大女兒阿秀。阿秀長得很不錯，身體高高低低的開始顯山露水了，然而大雙和小雙沒有關注阿秀的長相，阿秀夾在中間，對推在後面的小雙終究是一個威脅，如果臭豆腐買到阿秀剛好完畢，事情可就嚴重了。這可是兩塊臭豆腐與四塊臭豆腐的關係。小雙和大雙遞了個眼色，決定把這個臭丫頭弄走，小雙往前挪了半步，大雙往後壓了半步。這一來阿秀的身體就讓這對同胞兄弟夾緊了。阿秀有些緊張，不敢動，大雙和小雙的兩隻手都插在褲兜裡，但是他們的身體在蠕動，肘部也就跟著一起動了，阿秀只有兩隻手，擋住前面就丟了後面，顧了後面又守不住前面。阿秀的要害部位被碰到好多次了，終於忍不住，大聲說：「幹什麼？你們？」大雙回過頭，不解地問：「怎麼了？」阿秀說：「怎麼動手動腳的？」大雙平靜地說：「你看看，我們兄弟倆手全插著，怎麼動？」這麼說著話隊伍裡頭有人開始勸架，說別吵了，都是為了臭豆腐，碰一碰也是難免的。阿秀聽了這話就氣，胸口越發起伏起來了。小雙瞟一眼阿秀的胸脯和屁股，說：「你夾在中間，前頭又鼓後頭又鼓，到底是誰碰誰？」大夥聽了這話就笑，大夥一笑阿秀的臉上便掛不住了，離開了隊伍。阿秀在離開之前惡狠狠地大罵了一聲：「臭豆腐噎死你們！」

但阿秀沒有罷休，阿秀把事情的全部經過統統告訴了母親，瘸篾匠鐵拐李的老婆是臭鎮有名的「阿慶嫂」，膽大心細遇事不慌。她來到四新醬菜店，在大雙和小雙買好臭豆腐轉身回頭的過程中衝了上去。撞了大雙一把，接下來又撞了小雙一把，動作穩準狠毒辣，兩只碗和四塊臭豆腐當即就墜在了地上。大雙大聲罵道：「瞎眼啦？」阿秀媽笑笑說：「吃了我女兒的豆腐，還想吃臭豆腐，哪裡來的自在?!」兩只碗打碎了，但四塊臭豆腐可是完好無缺，阿秀媽往臭豆腐上吐幾口唾沫，跨一步把兩條腿叉了上去。阿秀媽說：「兒子，來撿。」大雙和小雙在這個下午碰上了最剽悍的女人，他們兄弟二人在這個女人面前顯得有點失措，只好罵幾句，然後走人。阿秀媽從頭髮窩裡取下一只髮卡，蹲下去把臭豆腐串起來，自語說：「自己不嫌自己的唾沫髒，他不吃，我吃。」

鎮革會主任是一位外地人。他對臭鎮的歷史即臭豆腐的歷史一無所知。鎮革會主任這一天正在理髮店理髮，這位臭鎮的黨政最高領導人看到了漫長的隊伍，問鏡子裡的理髮師，「這麼多人在幹什麼？」理髮師在鏡子裡頭抬起頭，說：「買臭豆腐。」主任說：「至於麼？弄成這樣？」理髮師告訴他：「一方水土養一方人，臭鎮的水土就是臭豆腐。」理髮師說：「臭鎮的頭頭腦腦們換了那麼多，誰讓臭鎮人吃上臭豆腐，誰就能留下好名聲。鎮子裡越臭，他的名聲就越香，就這麼一筆賬。」主任聽到了話裡的弦外之音，他在理完頭髮之後點上了一根香菸。這時候四新醬菜店的門口傳來了打鬥聲，是阿秀媽和大雙小雙交上火了。主任望著騷亂的人群，神情凝重了，他一手夾菸一手叉腰，十分疼惜地自語說：「一定要把臭豆腐的事辦好。」

一九七七年初夏的臭豆腐事業是在鎮革委會的干預之下進行的。主任在會議上說，為了展現臭鎮百廢待興時期的成果，要把臭豆腐的事當作一件政治事件來抓。這樣一來豆腐們被碼進醬缸的時候意義就重大了。臭鎮人對臭豆腐的悠久情感終於噴發出來了。在星期六的義務勞動中，青年突擊隊把廢棄多年的巨大醬缸全清洗了出來。臭鎮的醬廠不僅歷史悠久，規模也相當宏大，青年突擊隊（這裡頭當然有著名的雙胞胎大雙、小雙以及女青年阿秀）以二乘十這種組合方式把二十只巨大醬缸排在了醬廠的廣場上。醬缸被清水沖得很乾淨，沿口發出結實乾淨的醬褐色光芒。當天傍晚主任就檢查來了，醬廠的廠長說：「全妥當了。」醬廠的廠長隨手拿起一根木棍，敲了敲巨大的空醬缸，醬缸的空鳴聲在臭鎮的上空迴蕩並且悠揚，像臭豆腐的芬芳籠罩了臭鎮人的幸福未來。主任抬起頭，傍晚的天空一派祥和景象。主任說：「好日子就像雨，過幾天就會下下來的，擋都擋不住。」

一九七七年的夏天臭鎮人成功地臭了二十缸豆腐。二十缸臭豆腐以二乘十這樣規整而又宏大的規格橫列在醬廠的廣場上。天氣一天比一天炎熱，而臭豆腐的氣味也一天比一天劇烈。起先是似有若無的，溫和的，後來有了力度，再後來就有些凶蠻了，到處都有一股惡臭，惡臭使臭鎮人找到了久旱逢甘霖的感覺，找到了他鄉遇故知的感覺。臭鎮人仰起臉來，整天關注醬廠上空的五彩煙雲，他們的臉像向日葵，綻開了黃金色的熱烈花瓣。是臭豆腐使臭鎮人緬懷起過去、憧憬起未來了。人們到處在傳送主任的預言（即允諾），好日子就像雨，過幾天就會下下來的，想擋都擋不住。

臭豆腐出缸的那一天臭鎮沒有出現喜慶場面。這一點是出人意料的，臭鎮好幾家醬菜店早早就掛出小黑板了。告訴人們「今天出售臭豆腐」。然而臭鎮人沒有去排隊。誰都知道二十缸臭豆腐全碼在醬廠的廣場上呢。當飯吃都吃不完，什麼時候想吃什麼時候去買就是了，慌什麼？大家都說，日子好過了，全碼在醬缸裡呢。好日子就不用慌，得慢慢過。

紅頭蒼蠅在臭豆腐缸裡的繁殖能力是驚人的，瘋狂的。牠們的頭上長了一對紅色複眼，其餘的部分差不多全是下腹。劣等動物的腹部往往都是牠的子孫，牠產下成千上萬只卵，孵成幼蟲之後轉眼就成了成千上萬隻蛆，蛆變成蛹，蛹又化為會飛的蒼蠅。一隻紅頭蒼蠅在短短的生命週期過後立即就是一支紅頭蠅部隊。幾隻紅頭蠅飛進臭鎮醬廠的時候沒有引起任何注意，但是漸漸長大的蛆終於被工人們發現了。牠們在醬缸的表面敷了一層，白花花圓溜溜的，在動，在蠕動，在積極而又凶猛地蠕動，波浪一樣洶湧澎湃。牠們一起鑽入臭豆腐的內部，把臭豆腐鑽爛，化成泥。牠們拚命地吮吸，身體發育得又大又亮，接近於透明。而後牠們爬出醬缸，在醬廠的幽暗處結成蛹，開始了盛夏裡的安眠。一場夏雨過後，成群成夥的紅頭蒼蠅破蛹而出，牠們的翅膀匯成一股沉悶的轟鳴。牠們盤旋在醬廠的周圍，紅頭蒼蠅飛來的時候天上是一片紅，飛去的時候天上又一片黑尾。紅頭蒼蠅彌漫了臭鎮的一九七七之夏，臭鎮人對一九七七年的記憶依舊是一朵會飛的黑雲，這不是雨做的雲，它下下來的是蒼蠅的翅膀哨聲。

只有物質的匱乏才會帶來貿易的紛繁，過於豐盛的臭豆腐使臭豆腐的買賣徹底萎縮了。鎮革會主任目睹了這個無情現實。主任對臭鎮人極度失望，臭鎮搞不好完全是臭鎮人太他媽的「不是東西」。沒有臭豆腐他搶，做出來了他又不買，「真他媽的不是東西！」

一九九六年第五期《芙蓉》

美好如常

師傅說：「你看見……黑了？」

徒弟說：「是。」

師傅說：「『黑』是什麼？」

徒弟說：「『黑』就是什麼也看不見。」

師傅說：「胡說！我出了娘肚就瞎了，什麼也看不見，卻從來沒見過什麼叫『黑』。」

仙人李有眼無珠，照他自己的說法，他的雙眼是兩口枯井，見得深，見不得水。仙人李不肯和村裡人群居，他的茅屋遠離村落，臥居於稼禾中間。仙人李解釋說，和莊稼住在一起他什麼都看得見，他的一雙眼睛就在莊稼的不同氣味上。什麼季節？什麼時辰？天上的太陽多重？地上的雨腳多粗？全在莊稼的氣味裡頭。棉花的熱烘氣味飄拂起來之後，仙人李自破戒規，收了一位徒弟。人們都知道仙人李不收弟子的，這是他自立的規矩。仙人李這一回卻自找了一位。相傳收徒的儀式完成得十分簡單，都近乎神祕了，就在通往荷塘莊的獨木橋墩上。仙人李剛走到獨木橋頭，聽見橋面上傳來破裂的竹竿聲。仙人李立在橋頭，很幽靜地聽橋上的聲音。聲音徐徐而來，一直近到他的身邊。仙人李說：

「師傅留步。」那人果然站住了，聽上去有點內八字。仙人李說：「沒長眼睛？」回話的聲音不足十四歲，說：「沒長眼睛。」仙人李說：「我是仙人李，我收你做關門弟子。」回話的聲音矮了一茬，在地上說：「謝恩師為徒兒開山。」

仙人李帶弟子回到茅屋，茅屋的四周布滿棉葉與棉桃的渾厚氣味。茅屋沒有門，只在進屋的缺口橫了一張木凳。徒弟說：「師傅怎麼不鎖門？」仙人李說：「我只有一樣寶貝，光亮，可我把它們全藏在暗處。——我怕誰偷？」徒弟一進門就聞到了一股熏煙味，積了很久了。仙人李的土灶不用煙囪，他一生火牆壁的縫隙裡就會往外漏煙。那些煙是純正的人間煙火，但有眼睛的人大多不這樣認為，那間茅屋在棉田裡裊裊生煙，看上去翩翩欲仙。人們說，仙人李就是受罪也受得有些仙氣。仙人李的茅屋裡不生蚊蚋蛆蠅，仙人李因此百病不侵。

仙人李安頓好徒弟，出去了一趟，一頓飯工夫帶回來一衣袖果子。仙人李關照說：「吃幾個，解解渴。」徒弟摸了摸，是棉桃，說，

「這怎麼能吃？」師傅說：「除了自己的牙齒和舌頭，這世上什麼都能吃。」徒弟聞了聞，有股子農藥味，說：「怕是有毒，不能吃的。」仙人李笑笑說：「毒得死狗，毒不死我。」

第二天仙人李是讓人請出去的。平常仙人李總是帶著小手鑼出門，在巷頭巷尾轉來轉去。小手鑼的聲音無限悠揚。想看清自己命運的人便會把仙人李請回去。聽過生辰八字，你的命運就不歸你了，全在仙人李的瘦長指尖上了。他的指尖像獸爪，又黑又髒，這可是有講究的，指尖太乾淨了，反而掐壞了你的命水。人天生就賤，賤了才硬錚。太當回事，反而容易磕碰。仙人李掐來掐去，爾後仙人李的眼珠開始神霧一樣深邃而飄動了。你甚至能和他對視，他的一雙瞎眼頓然間佛眼廣開，大智大慧、大聰大明、大覺大悟，直逼你的陰陽八極前世後生。這時候你已經不復存在了，你的一切全像仙人李的目光一樣虛空，在仙人李的黑色指尖上游絲一樣飄幻、易斷，充滿了無限可能與不明晰性。末了，仙人李出一口大氣。要吃。要喝。定定神。斂斂氣。說「有了」。這時候那些游絲緩緩定型了，你重新還復成你。你的眼睛看不見東西了，差不多瞎了。你所有的心智全匯集到耳根上頭。仙人李把你的冥世因果全抖落出來，你或者有命無運，或者有運無命，你洪福無量又孽障四伏，前程乖蹇卻又因禍得福，總之，你必須時刻警惕，當然，你最終又能逢凶化吉，不過你總是大意不得，——人的命運的確大抵如斯。

回家時仙人李提了一塊豬肉。仙人李叫過徒弟，把豬肉遞過去。仙人李說：「燒了，晚上吃肉。——給別人一條好命，別人還我一塊好肉。」徒弟摸了摸，好大的一塊。徒弟說：「燒一半吧，留一半明天吃。」仙人李盤到竹榻上去，說：「嘴巴咬今天，眼睛看明天，只有有眼睛的人才盯著明天。全燒了。」徒兒說：「明天吃什麼？」師傅說：「不知道。明天的嘴巴長在明天呢。」仙人李盤在竹榻上乾咳了一氣，咳完了，從腰間拿出一支小竹笛來，吹出一些古怪的調子。仙人李說：「徒兒，你會不會吹笛子？」徒弟說：「能吹響。」師傅說：「那就是會。」徒弟說：「我不會，笛子六個孔呢，我的手摁不過來。」師傅說：「你又呆了，孔再多，就是一口氣，一個孔就只有一口氣。」徒弟點上火，火苗在他的皮膚上鋪開了一層熱。徒弟問：「師傅怎麼能算出別人的命來的？」師傅說：「算？怎麼算，是看。全憑心中的一隻慧眼，慧眼開了，天上地下、生老病死，全瞞不過你。」徒弟說，「我看不見那麼多的。」師傅說：「慢慢開，慧眼開得太快、太大，會礙菩薩的事。」徒弟說：「我能不能開？」師傅說：「能，過得了獨木橋，就能開的。慧眼人人有，長了眼睛的人汙穢物看得多，反被濁臭堵塞了，慧眼反而瞎了，——舊時有人出家為僧，有人雲游求道，全為了洗盡凡俗，刮垢磨光，以求重睜慧眼。」徒弟說：「照師傅這麼說，沒眼睛的人天生得道，天生成仙了？」師傅說：「正是。」

師傅聞到了肉香，內心充滿了愉悅。師傅說：「香了。」徒弟說：「師傅口饞了吧？」師傅提起衣袖擦了擦眼睛，笑著說：「眼也饞，眼裡都淌口水了。」師傅放好竹笛，說：「徒兒，明天師傅帶你去討飯。」徒弟停下手腳，不高興地說：「好端端的做什麼叫花子？」師傅說：「別人向我討命，我怎麼就不能向他討飯？——明天我們到北邊的葫蘆鎮去，我多年不去，路不好走呢，要過好大的一片林子。」

林子靜得像一隻瞎眼。中間有一條道，拐了許多彎，像腸子。師徒兩個在腸子裡蠕動，蠕動的樣子十分開心。師傅說：「林子裡的氣味變了，原來不是這個氣味的。」徒弟說：「哪裡有氣味，我怎麼聞不見？」師傅說：「你要留神氣味，這世上所有的東西都說謊，有時連一塊石頭、一灘水都說謊，可每一樣東西都有它的氣味，氣味不撒謊，氣味不會。屁的聲音再好聽它還是屁，為什麼？它臭。」師傅倚在一棵大樹上，喘口大氣說：「歇歇，路還遠呢，歇歇。」師傅從左邊的胳肢窩裡取出一只新買的青花瓷缽，從地面上伸到徒兒那邊，說：「這是你的缽，新的，歸你了。」徒弟說：「新的給師傅，我用師傅的舊缽吧。」師傅笑笑說：「徒兒糊塗了，師傅的衣缽怎麼能隨便送人，我這只缽，一天用兩頓，用完了罩在臉上得用舌頭洗兩頓，是我的寶物，怎麼能隨便送人？」徒弟說：「幹麼罩在臉上用舌頭洗？」師傅說：「低下頭用舌頭洗缽，不成豬狗了？——等我死了，它才能歸你。」徒弟說：「師傅壽比南山，說死做什麼？」師傅笑出聲來，大聲說：「人人都得死，這是命。掐過來掐過去就是逃不脫這個命。這一坎沒有人跨得過，人活在世上，多幾口氣少幾口氣罷了，差不了哪裡去。」徒弟說：「師傅教我些算命術吧。」師傅笑著說：「你的師傅我已經給你了，就是那只討飯缽，它會教你，它什麼都會告訴你。」師傅說：「從祖上傳下這口飯起，算命就有四品。大多數算命的都帶上一個長了眼睛的童子，算命的一進門就要喝水，茶水由童子遞過去，機關就全在童子的手上了。童子出大拇指，便是父母雙全，出中指，家中的婦人便有喜了，要是出了小拇指呢？當然就是有孫堂了，童子的手要是背過去，家道就中落。這一套下來，一碗水也就差不多了。主人要是再問，就再要水，童子的手上就再來另一套，在家裡頭早就操練好嘍。這是下品，騙子一樣下作。中品依的是八卦，要點學問，但終究小氣，數豆子那樣慢慢數就是了。師傅我是行當裡的上品人物，師傅我只聽他的聲音只摸他的手，就全看清了。一個人心中有多少悲喜曲直、枝節溝坎，全會落在他說話的氣息上，狗學不了虎吼，驢仿不了馬嘶，就是這個理。一個人做什麼勾當靠什麼營生，全刻在他的手上，洗是洗不掉的。」徒弟說：「聽一聽，摸一摸，哪裡能曉得？」師傅說：「人的命就像人的骨架，是死的，知道不難，難就難在你怎麼解，功夫全在解上頭。還有一品，師傅心中知曉，卻是不可得，是神品。成了神品，你便活不長。你能掐出菩薩的生辰八字，菩薩也不敢看你的瞎眼了，你說菩薩怎麼能讓你活得長？」徒弟說：「神品在哪裡學？」師傅說：「破草鞋裡，只有道路才能成全你。」

師徒便一同沉默了。頭頂上無限幽靜的樹葉聲溫順地閃爍。徒弟說：「我原先是有眼睛的，後來有好多人趴在地上打槍，一顆子彈飛過來，把我從牛背上摺到地上了。我爬起來一看，子彈把我的眼珠擠脫出來了，掉在地上。我用勁眨巴眼睛，眼睛在地上就是不動。我只好把眼睛塞到眼眶裡，只流血，不流光。後來另一顆也不行了，先是看不見月亮，再後來看不見太陽，只看見一片黑了。」

師傅說：「你看見……黑了？」

徒弟說：「是。」

師傅說：「『黑』是什麼？」

徒弟說：「『黑』就是什麼也看不見。」

師傅說：「胡說！我出了娘肚就瞎了，什麼也看不見，卻從來沒見過什麼叫『黑』。」

徒弟慌忙說：「徒兒俗物，眼俗。」

師傅便不吱聲了。師傅靜了好大一刻，說：「屍體自己悟不到死，瞎眼自然也就看不見『黑』了，老天什麼時候發善，讓我的瞎眼也能看一看『黑』，就一眼，也就甘心了。」仙人李嘆了口氣，說：「上路。」

細碎的葉片聲在腳下作響，林子裡一片安閒。師徒二人默然行走，卻各懷各的心思。一個在回味遠久的光明，一個在琢磨黑暗，兩個人為此大傷腦筋，帶了一股怨恨與不甘。

徒弟很意外地聽到一陣聲響，由大到小，七零八落。除了一聲斷裂，其餘的聲音全在地底下。徒弟緊張地立住腳，大聲喊師傅。師傅沒有回答，卻在地的下面呻吟，師傅說：「我掉在陷阱裡了。」徒弟慌忙說：「師傅別動，我去救你。」師傅厲聲說：「別動！兩個瞎子全掉進來，真的沒救了。」徒弟一聽便哭，仰起頭，看不見地有多厚，天有多高。師傅說：「哭什麼？人有滅天心，天無絕人意，我氣數未盡，慌亂什麼？」徒弟站在原處，不敢挪步。師傅說：「徒兒，反正沒事，你會不會狼叫，——你叫給我聽，解解悶。」

徒弟的狼叫學得逼真，叫得聲嘶力竭，心氣大亂。狼叫帶有一股鬼氣，布滿陰森和牙齒尖上的欲望。徒弟說：「磣人，我不學了。」師傅在地下說：「睡個小覺，過會兒就有人來救你師傅。我看出來了。」

仙人李的這一卦算神了，兩頓飯的工夫一個男人真的讓他給算來了。男人來得很急，喘出來的氣有張大的嘴巴那麼粗，是一個四十開外的壯漢。壯漢立在徒弟身後，踢了他一腳，說：「狗娘養的，是你叫的吧？」男人把仙人李從井下拖上來，給了他一巴掌，大聲說：「踩了狼道，卻沒有狼的一張好皮，奶奶個球！十瞎九壞，下次再掉進去，餓死你！」

師徒兩個在心中對視了一眼，眼神都很得意。聽著腳步聲遠去，徒弟說：「師傅真是神人。」

師傅說：「不是我神，是他賤。」

師徒小心地往前去，再也不敢大意了。他們放慢了手腳，兩支破竹竿在身前緊張地猜度，竹竿高度過敏，開了四五道岔，像貓的鬍鬚在深夜打聽虛實。師傅說：「徒兒，我的屁股像是破了，有東西往下淌，比屁股還熱。」徒弟的回話卻岔開了，徒弟說：「進了林子我的瞎眼又瞎了一回。」

師傅立住腳。師傅的這一次立腳來得慌張而又突兀。師傅說：「不要動，不要過來。」師傅說：「一根繩子攔住去路了。」徒弟走上去，一摸，卻是一根極細的線索，比蚊子的叫聲還要瘦。徒弟說：「拽斷了不就過去了。」師傅說不能拽，師傅說你千萬不能拽。師傅的話在要緊關頭沒能派上用場，空氣中傳出了迅疾的顫動聲，有如簧片消除了壓迫，發出放肆搖擺的震顫。師傅聽到了一樣東西在空氣中疾駛，戳進了另一樣東西，聲音很悶，像是進了肉。徒弟用手摸了摸，大腿上長出一支竹箭，一半在裡，一半在外。徒弟說：「師傅，是徒兒中箭了。」師傅在徒弟的手上捂上一把東西，有很細的顆粒。師傅關照說：「我一拔下你就捂上去。」仙人李一發力，徒弟捂上之後傷口卻像燒了起來。徒弟問：「捂上的是什麼？」師傅說：「是鹽。醃死了傷口就不生蛆了。你忍著點，忍不住就拿自己當條狗，就當是狗在疼。」

仙人李和他的徒弟一直沒有走出那片林子。他們走了很久了，林子在他們的身邊繞來繞去，就是不撒手。師傅說：「林子裡的路真像腸子，找不到頭。」徒弟說：「腸子也有頭，屁眼就是腸子的頭。」仙人李很開心地笑著說：「那隻眼也是瞎的，要不然，我們撅起屁股探路了。——徒兒，我們的路怕是讓鬼迷住了。」徒弟有些怕，僵著脖子掉過頭，說：「師傅算算，看看鬼什麼時候放手。」師傅說：「我算得人，算不得鬼。只有等，等公雞叫。公雞的嗓子裡全是血光，鬼不敢惹。」仙人李說著話靠在了一棵樹上，慢慢往下滑。屁股快著地的時候他想起了屁股上的傷，只能用手先撐住，他的手剛一著地就聽見「叭」的一聲，他的指頭立即讓一樣東西夾緊了，那東西有一排鋼牙。仙人李感到了疼，是那種喪心病狂偉大嚴肅的疼，那排鋼牙不鬆口，銜住仙人李的手。仙人李大聲說：「我逮住了，我逮住疼了。」

仙人李費了好大的神才把手抽回來，早就黏滋模糊了。仙人李說：「徒兒，我也是個騙子，卻算不得自己的命。」徒弟拖著一丈多長的哭腔說：「師傅別這樣說，師傅是神，我全清楚。」師傅說：「我就知道人比神厲害。」師傅嘆了口氣，說：「我全看見了，這世上到處都是眼睛。」

仙人李真的是靠公雞的啼叫走出樹林的。他們認準了雞鳴的方向，往人間走。仙人李很意外地聞到了一股極濃的熏煙氣味，說：「前面有人家了。」仙人李往前走了兩步，卻發現是他自己的茅屋。這個發現使仙人李萬分沮喪，仙人李自語說：「只有兩種人不願意回家，算命的瞎子和獨身的瞎子，全讓我攤上了。」回到茅屋已是第二天的中午，這個仙人李有數，是他的肚子告訴他的，要再餓下去他的眼睛就會餓出光來了。

仙人李料理好徒弟，關照說：「我出去討點飯，你先歇著。」仙人李出門之前天上突然響起了一個悶雷，拖著毛茸茸的尾巴。尾巴的末端一直拖到徒弟的耳朵了。徒弟說：「快下雨了，別出去了吧。」師傅說：「討飯討下雨。下雨天人都在家，就差討飯的登門了。」

仙人李是在返回茅屋的路上碰上雷擊的。被雷擊中的剎那他的身體一片通明，整個身體全是眼睛，他看得見自己的五臟六腑一起透亮，發出燦爛亮麗的動人光芒。但隨即仙人李的生命就熄掉了。那些動人光芒一起死在他的身體內部。

仙人李之死使整個棉花田彌漫起濃烈而又古怪的肉香。這陣肉香讓他的徒弟心動。他拖著一條殘腿，依靠天才嗅覺立即找到了香味的源頭。他一伸手就抓起了一塊肉。他聞了聞，咬了一口。味道相當好。滿口滿腮全是油。徒弟咬了兩口之後在地上摸了摸，卻摸出了人的形狀。徒弟的肉銜在嘴裡，掉在了地上，又摸到了一只瓷鉢，瓷鉢的邊沿有他熟悉的豁口。徒弟吐了出來，用手從嗓眼裡往外摳。

當天下午幾個下地的農夫發現了田壟上的仙人李。仙人李的眼睛睜開來了，朝著天，炯炯有神的樣子。農夫們看出雷劈的痕跡，以及胸脯上的野狗齒印。人們圍在仙人李的周圍，說出了許多曉通世事的話。這時候他的徒弟夾了兩只飯鉢從茅屋裡出來，手上提著仙人李的銅手鑼。徒弟打斷了所有人的話，用很稚嫩的嗓門說：「你們看到了他的死，他的瞎眼卻盯了你們一生。」

一九九五年第六期《鍾山》

受傷的貓頭鷹

人們在黑夜裡躡手躡腳，嚴密地注視貓頭鷹。貓頭鷹的瞳孔由白天裡的直線變成了圓，牠雙目炯炯，目光如電，放射出嚴厲駭人的綠光。

時值正午，那隻貓頭鷹出現在我們村的上空。磨房裡勞作的人們很快注意到地面移動的陰影了。磨房的四周晒滿粉絲，粉絲在正午陽光下發出半透明的銀光，整個村子都映得一片皎白。貓頭鷹的陰影盤旋在粉絲上，相當顯眼，格外引人注目。人們抬起頭，看到了貓頭鷹。沒有人認識這隻龐然大物，後來貓頭鷹俯衝下來了，棲息在一棵苦楝樹上。貓頭鷹的俯衝帶了一股侵略性，威嚴、陰森，但是無聲無息。人們放下手裡的活，十分清晰地看到了貓頭鷹：牠既是一隻會飛的貓，也是一隻長著獸面的鳥。看完了貓頭鷹人們就面面相覷，他們瞳孔的深處都出現了一塊大陰影，長了翅膀，以鳥的姿態滑翔並且盤旋。

第二天得知，這隻貓頭鷹受傷了。牠的左肩有多處鳥銃子槍傷。

這隻貓頭鷹來到我們村時已經精疲力竭了。牠棲息在那株苦楝樹上，怎麼趕牠都不走。牠就那樣靜坐在苦楝樹的枝頭，睜大了貓眼，冷冷地打量，以貓的表情看著全村老少在恐懼中鼠竄。村裡人很快就受不了了。沒有人能夠承擔受傷者的沉默。後來村支書兼民兵排長取出了他的步槍。這位殘廢軍人只有一隻眼，他的另一隻眼睛留在了部隊。民兵排長在第二天上午端起了槍，他閉起那隻並不存在的眼睛，尋找「十環」那個中心，他用獨眼和準星作為兩個基本點，使中心與基本點構成了「三點一線」這個關係。這個關係建立的剎那他扣動了扳機。「叭」的一聲，貓頭鷹濺起了滿身羽毛。牠的羽毛噴湧飛揚，像自己為自己撒播的紙錢。人們看見了漫天紛飛的羽毛，反而忽略了地上的那灘血。血洶湧在磚頭的縫隙裡。血沿著縫隙四處流淌，使磚頭四周呈現出鮮紅勾勒。

這個秋季我們村的收成不錯，最豐收的首推紅薯。紅薯堆滿了打穀場，真的像一座山。那些日子裡小豬與母豬過上了好日子，牠們整天臥在豬圈裡，安閒地嚼那些紅薯。我們村養了很多豬，豬的數量差不多等同於人的數量。那些豬望著成堆的紅薯，臉上的表情一個個欣欣向榮。但我們村的頭頭腦腦們很傷腦筋，這樣多的紅薯怎麼說也是災難，民兵排長憂鬱地盯著紅薯，一隻眼看到的其實和兩隻眼看到的一樣多。村裡專門召開了諸葛亮會，會議做出了決議，把村裡的紅薯加工成粉絲。這個決議得到了村民的支持。人們把紅薯一筐一筐抬進磨房，去皮，磨碎，提取澱粉，然後製成白色粉絲。這是一個很現實的魔術，粉條就那麼從紅薯裡抽出來了，綿延不絕。打穀場的四周，巷頭巷尾乃至養豬場的旁邊都讓粉絲掛滿了。那些粉絲成了風景。村子裡銀光閃爍，到處洋溢著非人間氣息。大人孩子都快成魚了，在白色海藻間魚翔淺底。人們忙得很起勁，在白花花的世界裡彷彿趕上了百年不遇的喜喪。

貓頭鷹就在這樣的時刻出現了。牠那種不吉祥的樣子給人們帶來了災難方面的想像力。牠中止了人們對粉絲的激情，中止了粉絲構成的白色童話。人們對粉絲的剔透、光潔與晶瑩失去了興趣，說到底它只是紅薯，也可以稱之為山芋或地瓜。在這個只有麻雀、燕子、喜鵲、鵓鴣的村莊裡，貓頭鷹的出現絕對不是好兆頭，道理很簡單，沒有人見過牠。對沒有見過的東西多加警惕，多加防範，多加小心，總是不會錯。人們圍在苦楝樹下，靜靜地與貓頭鷹對視。貓頭鷹的表情像貓，牠絕對會給村子帶來厄運的，牠的表情在那兒。古人早就說了，來者不善，善者不來，說得很明白了。

整個傍晚村子裡沒有聲音。人們用眼睛四處打聽、詢問。在可能出現的大禍來臨之前，人們的眼睛活靈活現，能夠捕捉任何苗頭，再把它們播送出去。人們學會了這一做法，使眼睛成了宣傳工具，整個黃昏只有磨房的公驢大叫了幾聲，別的什麼也沒有發生。人們預感到夜裡要出事。人們最放心不下的正是這一點。天黑下來，人們早早關上了門窗，外面只有大片懸掛的粉絲和那隻貓頭鷹。現在它們也呈現出夜的顏色。

但夜裡人們並沒有睡。所有黑色的窗口都有一雙黑眼睛。人們在黑夜裡躡手躡腳，嚴密地注視貓頭鷹。貓頭鷹的瞳孔由白天裡的直線變成了圓，牠雙目炯炯，目光如電，放射出嚴厲駭人的綠光。貓頭鷹是白晝與黑夜的雙棲動物，牠靜坐在苦楝樹上，牠的目光無所不能無微不至，牠使人們的躡手躡腳最終成為掩耳盜鈴。村裡所有的人都看到了苦楝樹上的綠光，人們想像中的粉絲也一根根發綠了。這個夜無聲無息，充滿張力，洋溢著危險性，即使磨房裡的公驢也沒有再說什麼。

其實日子很平常。第二天一早人們發現，初升的太陽還是那樣鮮紅。朝霞滿天。朝霞映照在村裡的粉絲上，大片大片的粉絲被照得多彩絢爛，發出天上的光，但粉絲沒有能夠消解深夜的恐懼，人們走到磨房，悄悄議論起夜裡的事。

人們的談話當然從貓頭鷹眼裡的綠光開始。幾乎所有的人都看見那兩道綠光了。一個年輕的女人很不放心地問，不會出什麼事吧？男人們就一起沉默，一個中年男子回答說，誰知道呢？那個女人隨即寬慰自己說，說不定也沒事的。中年男人還是說，不知道，誰知道呢？這樣的對話一正一反，加在一起等於什麼也沒說。一位老者似乎找到了事態的根由，他原就不贊成村裡做粉絲的。老者說，滿村子都白花花的，像死了祖宗八代，還能有什麼好。他的說法立即遭到了年輕人的反對，年輕人說，這不關粉絲的事。老者很不服氣，老者大聲反詰說，不關事，那東西怎麼飛到我們村裡來了？年輕人沒有說出話來。這時候有人調解說，不要吵了，眼下最關鍵的是想一想，下面的事怎麼弄。這句話得到了一位和事佬的支持。和事佬一開口就是諺語，諺語實際上也正是和事佬的專題格言。和事佬說，沒有不散的席，沒有不飛的鳥，別理牠，牠自己會飛走。但事態的要緊關頭和事佬的話受到了頂撞。頂撞者說，誰說那東西是鳥？誰敢保證那東西一定是鳥？

這句話使磨房的氣氛愈加緊張了。誰也不能保證那東西是鳥。誰也不能保證，事態的要緊關頭誰也不會擔保什麼。當然，在事態平穩之後，和事佬會這樣補充：我早就說過，那東西是鳥，牠不是鳥還能是什麼？然後，頂撞者會用另一句諺語表達自己對和事佬的敬意，頂撞者會說，不聽老人言，吃虧在眼前，真的是這樣。

但事態沒有平穩，貓頭鷹依然靜坐在苦楝樹上。太陽都已經升高了。太陽的樣子也像一張貓臉。不久之後事態進一步惡化了。惡化的源頭是一隻老鼠。在紅薯與粉絲富足的村莊裡，田鼠從野外走進了村莊。田鼠的活動也從黑夜蔓延到了白晝。一隻巨大的田鼠公然走到磨房旁邊的巷口了，許多人看見了這隻田鼠。這隻田鼠氣宇軒昂，牠的從容步態完全背離了鼠類，像一隻貓。牠的樣子激怒了所有的人，但人們無可奈何。人們明白一個常識，所有的人對老鼠的追逐都將是一場徒勞。然而這時候人們聽到了哨音。是俯衝的哨音。人們抬起頭看見一雙碩健修長的翅膀從天而降，衝向那隻田鼠。人們看見了翅膀上張開的羽毛，灰色，帶了褐色斑點。那雙翅膀隨即又飛向高空，像一個閃電，迅雷不及掩耳。人們回過頭，貓頭鷹在原來的地方又坐穩了。牠的尖喙叼了一隻碩鼠。人們看見貓頭鷹把那隻肥碩的田鼠拋向了高處，隨後接住。人們看見貓頭鷹把那隻田鼠整個吞下去了。沒有咀嚼。整個過程鮮活而又困厄，所有的眼睛目睹了這一實況。人們在苦楝樹下一起凝神屏息、心驚肉跳。

村民們知道事情鬧大了。一件應當由貓做的事情被貓頭鷹做了，事態的嚴峻就在這兒。事態的複雜和危險也在這兒。幾個人立即跑到支書兼民兵排長的家裡，通報了事態的最新變化。民兵排長正在吸旱菸，旱菸鍋和他的獨眼一樣若有所思。民兵排長吐出一口煙，鎮靜地說：知道了。

人們看見他的獨眼和旱菸鍋一樣升起了一縷青煙。

有人說，怎麼辦？

民兵排長說，他們去磨房做工，不要亂。最要緊的是鎮定，不就是有個東西坐在那兒嗎？

敏銳的人立即看出了，民兵排長的獨眼不是旱菸鍋，是那支藍幽幽的步槍槍口。吸菸只是射擊前的預備儀式。

民兵排長趕走了那些膽小鬼。他放下旱菸鍋，從老婆馬桶的背後取出了那支老式步槍。民兵排長端著槍，從槍管裡擠出牛油，用擦管擦了又擦。民兵排長把槍管對準太陽，槍管亮堂堂的，新的一樣。許多美麗乾淨的螺紋一圈一圈轉出去，槍管被錯覺拉長了，一直延伸到天上去。民兵排長從床下拿出子彈，這是他退伍之前順帶回來的。民兵排長把銅殼子彈壓進去，想了想，真是殺雞用了牛刀。就這麼一點小事，他們就慌成這樣了。要不是擔心他們誤了上工做粉絲，民兵排長絕對不肯浪費這顆子彈的。民兵排長端著槍，走到了巷口。許多人看見民兵排長趴在牆角瞄準的樣子了。人們興高采烈，於驚恐之中企盼那聲槍響早點來臨。

民兵排長閉起了他的廢眼。然後，扣動扳機，槍聲響了。貓頭鷹的故事到此結束。

最早對槍聲做出反應的是那隻田鼠。貓頭鷹的身上被子彈穿了一個大窟窿。田鼠找到了這只窟窿。牠和貓頭鷹的血一同飛躥出來。人們看見一隻鮮紅的田鼠從貓頭鷹的屍體中逃出來了。牠慌不擇路，一路上留下了牠的鮮紅爪印。沒有一隻貓敢碰牠。事實上，沒有一隻貓能夠認出這隻鮮紅的田鼠到底是什麼。

槍聲同樣得到了磨房裡的驢以及豬圈裡豬群的注意。牠們被槍聲嚇壞了。槍聲給牠們帶來了負面激情，牠們大聲尖叫，四路奔跑，沒有人能夠擋得住。打穀場與村裡雪白的粉絲被牠們撞翻了。粉絲遍地狼藉。粉絲掛在牠們的身上，滿村子都有雪白的動物撒腿狂奔。粉絲頃刻間成了最紛亂的風景，粉絲有了生命，在道路上狂飛亂舞。槍聲給粉絲帶來了這樣的後遺症，或節節斷裂，成紛亂如麻。

一九九五年第十一期《山花》

武松打虎

白鬍子老頭打虎這一節說得脆亮，一定是他的酒喝到了好處。酒使他成了武松，也可以說，酒使他成了餓虎。他自己冷冷地與自己對視，武二郎和老虎的事靜靜開始了。

說書人說，武松跨進小酒店的門檻，大聲喊道：「店家，酒！」我們全聽出來了，打虎的故事離我們不遠了。喝酒是打虎的前奏，虎打得好不好看，全要看酒喝得好不好看。我們沒有喝過酒，可我們見過施家阿三撒酒瘋。阿三是村子裡最溫吞的男人，人見人欺的貨。但四兩酒下肚你就不認得阿三了。有酒撐腰，阿三一反常態，立馬豪氣逼人，所到之處雞飛狗跳，滿村子無風就是三尺浪。

酒壯膿包膽，更何況酒入英雄腸。所以，說書人在武松的酒桌上做足了書場。這頓酒喝得大起大落，大開大闔，處處是大模樣。武松這頓酒喝出了草莽氣、江湖氣、英雄氣，恣意狂放，痛快酣暢。你說三碗不過岡，爺爺我灌十八碗給你看。你要不拿酒來，我把你這鳥店子粉碎了。大英雄想做什麼，凡世休想擋得住。武松把十八只空碗撂在一邊，站起身，他一抬腿就地動山搖，十八只空碗搖搖晃晃。武松手提了哨棒，直往景陽岡去。

武松手提了哨棒，獨自往景陽岡走去。說書人在月光下拿起醒堂木，中止了月光下的打虎故事。說書人禿頂，滿頭滿腦的月亮反光，下巴上卻長了密匝匝的一把銀鬚。他有一口地道的揚州口音，「武松」兩個字念得浩氣跌宕，充滿了酒意，唱出來一樣：吳——松！他在每年秋天來到我們村，每年只說一齣書，就是武松打虎。他的書場擺在秋夜的打穀場上，打穀場月光如洗，打穀場的背後是一條河，河面的月光平整而又安靜。新稻草在場上垛成垛，稻草的氣味和月光一起籠罩在夜的四周，然後，說書人喝了酒登場。他穿著一身白，白鬍鬚在月光下面銀銀閃爍。月夜闃然無聲，揚州口音帶著五成酒意橫衝直撞，在秋月下面虎虎生風。

大英雄武松的事家喻戶曉了。我一直以為，武松故事的發明者是那個白鬍子說書藝人。很久之後我才知道，其實不是。最早傳播武松故事的是那個叫施耐庵的才子。施耐庵乃揚州府興化縣人氏，他的墓至今靜臥在興化縣大營鄉施家橋村。我說這些可不是廢話。我的老家就在大營鄉施家橋村。我在家鄉的打穀場上聽說書人演義武松，那時候施耐庵就安息在打穀場邊，他的墓離書場只有十幾步。

從空間上說，書場與墓地近在咫尺。但距離不能說明任何問題。事實上，我們不知道墓地裡埋的是誰。我們只關心現世。施耐庵躺在墓裡，他可聽不見幾百年之後的揚州口音。施耐庵的墓很大，看上去像一座小丘。我們時常聚集在墓頂上做打虎遊戲。施氏墳墓成了我們的景陽岡。

我們的遊戲很簡單。說穿了就是相撲擂臺。兩個好漢站在墓的頂部，把對手往下堆。輸掉一個再上一個，最後的勝者就是當日武松。相對說來臭蟲的贏面大些。臭蟲有一身好力氣，臭蟲成了我們的常任武松。他和他的鐵匠父親一樣，口臭、腳臭、放屁臭，他們一家人一年到頭都臭氣烘烘。但是他有一身好力氣。他只能是武松。規則就是這樣的。

這一天秋高氣爽，村子裡的老老少少都很開心，真的像過節那樣。武松昨天晚上往景陽岡去了，今天晚上他要同大蟲擺陣厮打的，我們都很開心。白鬍子老頭打虎這一段說得絕好，他就靠一張嘴，能把武松和大蟲弄得歷歷在目，你可要聽好了，是歷歷在目，和看在眼裡一樣，逼真鮮活。這天黃昏我們一起到景陽岡，我們怎麼也沒有料到，今天的武松打虎會打成這樣。

鼻涕虎過來時臭蟲正站在墓頂。臭蟲今天又贏了，舉著兩隻胳膊朝我們揮舞。鼻涕虎是施家阿三的兒，一年四季鼻孔底下掛著兩根黃鼻涕，我們從來不和他玩的，贏了他也是一手髒。但鼻涕虎今天自己找上門來了，他放了兩頭豬。鼻涕虎扔下手裡的趕豬棍，兀自往施耐庵的墓頂上去。臭蟲看到了鼻涕虎的目光。鼻涕虎虎視眈眈。臭蟲對突發事件顯然缺乏鎮定，大聲說：「你來幹什麼？下去！」鼻涕虎什麼也沒說，大叫一聲撲上去，一下子就將臭蟲掀下去了。鼻涕虎站在施耐庵的墳頭擤了一把鼻涕，然後叉著腰，弄出一副武松樣。我們不願意看到鼻涕虎當武松。他的一臉鼻涕哪一點像？我們一起沉默，很嚴重地關注臭蟲。這樣的關注使臭蟲沒有退路。臭蟲只能衝上去，他衝得太猛，收不住腳，自己把自己摔到墳墓的另一面去了。臭蟲的腦袋撞在了墓碑上。墓碑上有九個字，大文學家施耐庵之墓。臭蟲的額頭湧出鮮血了。他的血同樣有一股臭氣。

臭蟲捂著頭站起身，他一定會像個好漢那樣再衝上去的，他至少會說：「你等著。」當然，臭蟲可能什麼都不說，一聲不響地離開，那就更厲害了。鼻涕虎待在家裡一定會後怕的。但臭蟲的舉動一點都不像英雄。他竟哭了，拖著哭腔說：「鼻涕虎，你媽媽和隊長睡覺！」

這個黃昏全臭掉了。秋高氣爽卻臭氣烘烘。這個傍晚說書人一直在喝酒。說書人登臺之前總是要喝酒的。但是，哪一場書喝多少，說書人很講究。說書人總是在打虎的這個節骨眼上喝得很多，把自己喝足了，喝開了，但不能醉。說書人說，武松的那身精氣神，凡人的嘴巴要想說出來，沒有酒拉一把，做不到。武松是誰？八百里英雄，有人硬要把武二爺打虎弄成除害，俗大了。大英雄本色，你真的讓他上山來打，他不一定肯，不一定敢，大英雄就這樣，潦潦草草，混混沌沌，莽莽撞撞，碰上了就碰上了。那隻大蟲是誰？也是個英雄。兩個英雄一見面，什麼也不為，這才有了千古絕唱。李逵同樣是殺虎，殺得急，報仇太切，味道上就差；武松打完了虎也殺過人，先是怒殺潘金蓮，後是醉打蔣門神，再後來大鬧飛雲浦血濺鴛鴦樓，弄來弄去總不如景陽岡上驚天動地。

說書人喝酒時施家阿三得到了兒子帶回的消息，阿三聽完鼻涕虎的話順手就給了兒子一個嘴巴。阿三低著頭不語了，拿著酒瓶悶悶地往裡灌。阿三知道老婆和隊長睡覺的事，但是，只要沒人挑明了，他可以裝得不知道。這不丟臉。現在別人就是不讓他裝，一點餘地都不給，你說這是什麼世道。阿三悶頭灌了幾大口，回來拿一雙紅眼找兒子：「你他媽的不去打虎哪會有這樣的事！」阿三操起燒火棍就往兒子的屁股上抽，鼻涕虎大呼小叫，活蹦亂跳。鄰居四嬸沒有過來拉勸，她站在天井的凳子上，細心地理絲瓜藤。四嬸慢悠悠地說：「阿三，這種事怎麼能怪兒子。這種事打自己的兒做什麼？」四嬸的話聽上去句句是理，調子裡頭還有語重心長。阿三弓著身子，靜了好半天，聽出門道來了。阿三把酒瓶喝得底朝天，帶著一身豪氣直往隊長家門口走，阿三站在院子外大聲吼道：

「憑什麼！憑什麼！隊長，你憑什麼！」

隊長從院子裡出來，叼著一根火柴枝。隊長一臉不高興。隊長說：「阿三，晚上還要聽書，今晚上打虎了，你瞎鬧什麼？」

隊長站在石階上，一隻手叉在腰間。隊長的老婆從院子裡跟出來，說：「什麼事？」

隊長說：「沒你的事，回去！管我的閒事，欠揍！」隊長對阿三說：「阿三，回去吧。」阿三站在石階下面矮了一大截。阿三回過頭。身後圍了一幫閒人，阿三舞著兩隻瘦胳膊大聲吼道：「回去，回去！」今天晚上打虎了。天上一輪滿月。這樣的月夜適合於餓虎下山，這樣的月夜更適合英雄獨行。月光無際無邊，月光構成的大背景浩氣綿延。武二郎的月夜正是今天的月夜，村子裡空了，打穀場上人頭攢動。我們都知道說書人快來了，那隻吊睛白額大蟲和武二郎沿著不同的道路往景陽岡去了。龍生雨，虎生風。我們全聽見了，虎虎生風。這陣雄渾浩蕩之風響了一千年了。

書案空在月光底下。說書藝人快來了。他即將站在書案面前讓武松與老虎會面，他的白鬍子使他的話句句有來頭。他的牙一定很好，每個字都咬得結結實實。白鬍子老頭打虎這一節說得脆亮，一定是他的酒喝到了好處。酒使他成了武松，也可以說，酒使他成了餓虎。他自己冷冷地與自己對視，武二郎和老虎的事靜靜開始了。你分不出勝負。說書人說到武松時氣壓河山，提到老虎卻又神采飛揚。他誰都不讓輸。武松和老虎交替著占優，整個月夜被他的揚州話攪得渾濁了，處處是塵垢、斷枝，處處是草叢狼藉。最後，說書人的酒力湧上來了，完全靠著十八碗透瓶香，說書人大喝一聲。這一聲是武二郎的吆喝在千年之後的回聲。說書人提起了拳頭，這造型是武二郎千年之後的月下身影，「當當當」武松只顧打，打到了七十拳，那大蟲便不動，口裡、鼻子裡、耳朵裡，都迸出鮮血來，更動彈不得，只剩口裡兀自氣喘。打穀場上所有人不敢呼吸，一起張大了嘴巴。說書人不語了，他的禿腦門上汗珠細密。說書人叉開五指，一上一下捋自己的鬍鬚。而後，他呼出一口氣，我們跟他一同呼出一口氣。月亮還是那個月亮，星星也還是那顆星星。武松站起身，搖搖晃晃。浩瀚的天體裡處處是武二爺的英雄氣。這股英雄氣重新滌蕩了秋夜，月夜纖塵不動，朗朗乾坤萬里無埃。

但是，說書人遲遲不來。武松手提了哨棒，遲遲不往景陽岡去。我們等得太久了。去找的人都走過三趟了，回話都一樣，說空酒壺還在，就是不見人。人們坐在打穀場上開始焦急。阿三的鄰居四嬸站起了身，四處看了看，大聲說：「憑什麼，憑什麼，說書的，你憑什麼？」這句話，很有嚼頭，分量也足，每一隻耳朵都聽出意思了。打穀場靜下來，四嬸的臉在月光下一副天真樣，好像自己都不知道自己說了什麼。阿三老婆坐在人群裡，人們注意到她臉上的月光變色了，青了，爬過好幾條小青蛇。阿三的老婆很突然地尖叫說：「臭婊子。」阿三的老婆把指尖指向了四嬸，大聲說：「臭婊子！」四嬸很沉著。她知道隊長坐在哪兒，她把臉朝那個方向側過去，不解地小聲說：「誰是臭婊子？」打穀場一陣哄笑，猛虎就是在這陣哄笑中下山的。猛虎伸直了兩隻胳膊，朝四嬸撲將過來。四嬸一閃，閃在猛處背後。那猛虎背後看人最難，吼一聲，卻似半天裡起個霹靂，四嬸一個愣神時，那猛虎早揪住了她的頭髮。原來那猛虎拿人，只是一撲、一吼、一揪。阿三的老婆揪緊了四嬸的頭髮，批了一個嘴巴，大喊道：「撕爛你這×嘴！」四嬸有些慌神則個，不住地說：「母老虎，騷老虎，母老虎，騷老虎。」打穀場全亂了。隊長的老婆卻從身後殺將上來，提起拳頭打在阿三老婆的背上，一邊打一邊說：「打，打，打，打死你這母老虎！」

隊長老婆的介入使事態複雜化了。這等於說，她默認了一件重要事實，一個潛在事實。隊長的臉虎下來了。人們退開去，留下一塊空，只把隊長留在中間。隊長的臉有點像吊睛白額。隊長一把拉開老婆，厲聲說：「說過多少次了，不要管閒事，不要干涉我的領導工作。——你們也別打了！」隊長老婆「呸」了一聲，說：「你也就是在外頭硬，到了家就軟成吊吊蟲了！」隊長給了老婆一耳光，命令說：「滾回去！」隊長的老婆立馬回敬了一句：「你滾回去！你滾到小婊子的洞裡去！」

說書藝人的光頭第二天一早浮出水面了。他淹死在打穀場邊的木橋下面。他的白鬍鬚在水面泛起波濤，許多小魚在他的指縫中間一上一下。普遍的看法是，他喝多了，過橋時掉進了河底。這個說法有疑點，這麼多人在打穀場上，他掉下去，不該聽不見的，他又不是一陣風。富於想像的解釋應運而生了。說，說書人肯定是喝多了，誤拿了自己當武松，過橋時看見了水中的滿月，以為是大蟲的前額，兀自迎了上去。這種說法當然解得通，但過於精巧，過於精巧離事體的真實性總有點遠。

能肯定的只有兩點：一是他喝多了，有他的空酒壺為證；二是他死了，有他的屍體為證。這兩點又可以引發出一點，武松提了哨棒沒有上山，他沒有與大蟲相遇，也就是說，他沒有打虎。從這個意義上說，武松沒有打虎，武松其實也就不存在了，這個英雄傳說是一次虛設。至少可以這樣認為，武松在揚州府興化縣大營鄉施家橋村的小水溝裡已經淹死了。武松死於興化。死在施耐庵的故土。這是理所當然的。但故事沒有完。我現在坐在南京的書房，想起了當年的秋夜，當年施氏墓頂的遊戲。我們不知道武松與施耐庵的關係，這讓我喟然長嘆。是那個說書藝人把武松的事從《水滸》這本書裡帶到了興化。他差一點讓英雄傳說成為事實。他為武松出臺做好了全部預備，然後，一撒手，把好山好水好酒好肉全留下了，丟給了滿世界的潑皮與小嘍囉。我只好從書架上抽出

《水滸》來，抄下最關鍵的一段：

武松正走，看看酒湧上來，便把氈笠兒背在脊梁上，將哨棒綰在肋下，一步步上那岡子來。回頭看這日色時，漸漸地墜下去了。此時正是十月間天氣，日短夜長，容易得晚。武松自言自說道：「那得什麼大蟲？人自怕了，不敢上山。」武松走了一直，酒力發作，焦熱起來。一隻手提著哨棒，一隻手把胸膛前袒開，踉踉蹌蹌，直奔過亂樹林來。見一塊光大青石，把那哨棒倚在一邊，放翻身體，卻待要睡，只見發起一陣狂風來……

——《水滸》第二十三回

一九九五年第五期《花城》

因與果在風中

棉桃頭髮的長度等同於她的還俗歷史。鐵器時代的男人統統看見了這個過程：罪過（或墮落）把女人還給了女人。

還俗僧人水印還俗後又做了俗人，依照鐵器時代的貿易行情，他開了一家鐵匠鋪。鋪子遠離村莊，在一棵槐樹下面。這棵槐樹和水印一樣高大醜陋，說不出來路。鋪子裡最顯眼的東西是那只鐵砧，它在鋪子的整個歷史進程中一直以靜制動，沒有一個動作，但它改變了所有鐵塊的形象與命運。它只等待別人的力量，這等於說，它只相信自身的反彈力。另一樣顯眼的是風箱。它不能像鐵砧那樣不動聲色，它的優勢在血運旺盛。鐵砧與風箱構成了鋪子的實質性局面。它們有一種天然默契。大概連主人也沒有發現，其實是鐵砧與風箱的默契才完成了鐵器時代。

鋪子的女主人是一個叫棉桃的青年女人。她的真實名字叫靜妙。那是她清月庵裡修行的法號。靜妙被叫做棉桃是在靜妙遇上水印之後，靜妙是一個光頭尼姑，而棉桃則是一個長髮女人。這完全弄不到一起去。棉桃有一頭極品頭髮，健康亮澤，乾爽秀麗，沒有頭皮屑。她的長髮在鄉野的風裡有一種世俗跳躍，紛亂了男人的視線，同樣紛亂了男人的內心世界。但她的前額依舊保留了佛門靈光，閒靜處時常流露佛的影子。棉桃集人與佛於一身，既天上，又人間。承擔承上啟下重任的就是她的一頭烏髮。棉桃頭髮的長度等同於她的還俗歷史。鐵器時代的男人統統看見了這個過程：罪過（或墮落）把女人還給了女人。

棉桃的名字被男人們四處傳送，她的長髮引來了蝴蝶一樣的八方來客。

水印與棉桃相遇在夏末的棉花田。晌午過後很突然地下了一場雨，雨說來就來，說止就止，不更事的少年初入溫柔鄉的樣子。水印走在化緣的路上，路的左側長滿棉花，路的右側同樣長滿棉花。大片大片的綠色裡夾雜了無限粉色骨朵兒。新雨後的葉片在風中無聲閃爍，遍野都是植物反光。水印聞到了土與水的混合氣味，熱烘烘的，厚實又圓潤，像女人的手，撫他的光頭。水印的興致無端地高亢起來，他甩開大步，一對睾丸在下身左右搖蕩、喜氣洋洋。許多棉苗的葉片都伸了過來，如家狗的舌頭，討好地舔舐水印。

水印聽到了動靜。水印突然聽見棉苗叢中響起了液體噴湧的哨聲。棉田裡的稀鬆泥土被液體弄得歡快不已，閉著眼吱吱作響。水印停住腳，循著哨聲撥開了棉苗。棉苗叢中一顆腦袋光光禿禿地長了出來。是一個小尼姑。小尼姑的嘴裡銜著一根黃褐色布褲帶，一雙手在底下慌亂地提拉。小尼姑睜大了眼睛。在這種緊要關頭尼姑的眼裡可沒有和尚，僅僅是男人。小尼姑毫無意義而又含混不清地問：「誰？——你是誰？」水印伸出兩隻巴掌，嘴裡說：「我沒有看見。」小尼姑從嘴裡取下褲帶，滿臉通紅。小尼姑慌不擇言，大聲說：「你沒有看見什麼？」

「我真的什麼都沒有看見！」

「你真的什麼都沒有看見什麼？」

小尼姑的身子轉過去，天上的雲朵正拚命翻湧，又低又瘋地奔跑。

小尼姑整理好自己，氣吁吁地走上田壟，帶上來的卻是棉苗青春期的氣味。和尚與尼姑開始了對視，這次對視極其漫長，卻以男人與女人的目光結束打量。這時候吹來一陣風，風在他們的頭皮上圓圓地繞過一個彎，與此同時，葉子的水亮閃爍波浪一樣傳送到了天邊。

和尚說：「師父往哪裡去？」

小尼姑說：「風向哪裡，腳往哪裡。」

和尚與尼姑隨風而去。棉田裡的田壟被雨水洗得乾乾淨淨，像手搓過了一樣爽潔。沒有淤泥，沒有疤痕。他們一路走過去，田壟上交織了他們的一行腳印。腳印燦若蓮花，他們腳踩睡蓮，由天國向人間超度。

和尚說：「你多大了？我一點也看不出你多大。」尼姑眨著眼想了想，搖搖頭，笑道：「我哪裡知道，菩薩的事，我怎麼知道？」和尚說：「師父出家幾年了？」尼姑說：「我沒有出過家，我一生下來就在清月庵。」

和尚說：「我出家的那年十二歲。我爹是個鐵匠。我出家的那年家鄉發了大水，我爹帶著我四處要飯。那天我爹給我討了一隻狗頭，等我啃光了，爹對我說，兒，這是你最後一頓肉，我供不起你了，你做佛去吧。」

尼姑望著水印，只是笑，結實的牙齒緩緩放射出瓷質光芒，佛香一樣敷散開來，渲染了植物世界。尼姑覺得這樣在男人面前太不體面，眼裡生出許多羞。但尼姑突然記起來面前的男人到底不是男人，只是和尚，作為佛門信女，自己原也不該害羞的。我怎麼能羞？我羞什麼？但小尼姑臉上的女性光芒照亮了水印。水印望著小尼姑，夕陽正無限姣好地晃動在小尼姑的腦後。小尼姑的光頭頂部籠罩了一層弧狀餘輝，她的兩隻耳朵被夕陽弄得鮮紅剔透，看得見青色血管的精巧脈絡。水印伸出手，情不自禁，用指尖撫摩小尼姑的耳部輪廓。小尼姑僵在耳朵的觸覺中，胸口起伏又洶湧又罪過，眼裡的棉花頓時成了大片的抽象綠色。小尼姑沒有抗拒，柔桑一樣搖曳，彈性飽滿，用風的姿態半推半就。小尼姑隨和尚進入棉田腹部，被平放在棉苗上頭，天上的浮雲群狗一樣四散。小尼姑感覺到身下的泥土華麗細膩地鬆散開去，她一點一點往下掉，棉苗壓斷了，斷口流出汁液，壓扁的棉桃吐出了乳色桃蕊，宛如水下的蚌類舒筋活血。

小尼姑睜開眼睛就此成了棉桃。

和尚說：「你跟我走。」

尼姑說：「好。」

和尚說：「我們還俗。」

尼姑說：「好。」

和尚說：「你就叫棉桃。」

棉桃說：「好。」

還俗沒有儀式，比遁入空門來得簡潔。

還俗後棉桃的頭髮一個勁地痴長，轉眼即葳蕤四溢，棉桃躲在自己的長髮下面，安安靜靜做起了女人。棉桃的長髮或盤踞腦後或散披後腰，她以這種常見的髮式佇立在風箱旁邊，有節奏地推拉風箱。她的臉上時常帶有房事後的疲沓神情。火苗照耀著她的面部輪廓，隨風箱的節奏有規則地一明一暗。棉桃就那樣成了最具畫面感的世俗女人，偎依在鐵器時代。許多男人擁坐在大槐樹旁，交口稱讚水印的鐵匠手藝。他們吸旱菸，擤鼻涕，笑聲曠放快活，用目光搓棉桃的胸脯和手臂。作為一種生活補充，一條狗落荒而至，棉桃收下了這條狗，以慈愛的佛腸與母愛收下了這條狗。這條黃色落荒狗就此翹首在槐樹下面，妝點了鐵器時代的每一個黃昏。水印的鐵匠鋪有了橘黃色爐火，有了鐵砧上四處紛揚的金屬火花，也有了狗尾上溫馨動人的夕陽光圈，這樣的畫面感動過所有路人，甚至包括許多行腳僧人與化緣尼姑。所有的路人都注意到了這樣一個事實：佛性和佛光最終寄託給了男女風情與一隻家養走獸。這句話換一個說法等於說，佛的產生即部落生成。

棉桃發現水印對鐵匠手藝天生就有一股激情。他的氣力使鐵塊變成了鍬，變成了鏟，變成了丫杈、鐵犁、船鏈、鐵錨。水印不關心這些農業鐵器的最終用途，他只關心錘子的打擊與鐵砧的反彈力。他在鍛打過程中嘴裡發出吱吱聲，像被大塊肥肉燙著了那樣。事實上，又硬又黑的鐵塊從爐膛裡夾出來之後在水印的眼裡已經是一塊紅燒肉了，在爐光的照耀下發出接近半透明的橙紅色光芒，變得柔和鮮嫩，在烈火中色、香、味俱全。水印在這樣的時刻興奮不已，他掄起鐵錘，當的就一下，滿鋪子綻開了耀眼花瓣。水印流著口水，他想像中紅燒肉的氣味與晚霞一起彌漫了大片棉花田，只有棉桃與狗在想像之外。隨後鐵又成了鐵，而鐵塊卻不再是鐵塊，成了水印的手藝。水印不在乎鐵塊變成了什麼，他只在乎鐵塊被燒紅後那個華美、夢幻的有限瞬間。這個瞬間裡鐵塊完成了他的願望，這個瞬間無比阿彌陀佛，彌漫了紅燒肉的氣味。

棉桃問：「你怎麼弄得那麼利索？你怎麼把鐵塊弄成了這麼多東西？」

水印說：「我在廟裡只想著打鐵，別人誦經我在腦子裡打鐵，都打了一萬遍了，我現在只是從火裡頭把它們揀出來。」

棉桃說：「你哪來那麼大力氣？」

水印說：「我不費力氣。只怕想不到，不怕做不到，只要你想到了，再硬的東西都聽你的話，都軟，都巴結你，你把它弄成什麼它就是什麼。」

棉桃沒聽懂水印的話，水印的話在棉桃的耳朵裡像經書，聽了一輩子，沒弄懂一句。

而棉桃又發現了水印格外偏愛鐵釘，幾乎所有的下腳料全被水印打成了釘子。棉桃注意到水印鍛打鐵釘時有一股更為奇特的衝動神態。他弓著背脊，脖子伸得很長，把長長的鐵釘打得稜角分明，是那種時刻準備切入木料的莊嚴模樣。那些鐵釘碼得整整齊齊，放在木箱裡頭，上了一層鐵鏽，終日心懷鬼胎。棉桃在一個下雨的午後終於問水印說：「你打這麼多鐵釘做什麼？」水印沒有回話，卻拿起一把鐵釘重新放進了爐膛。他親自拉起風箱，火焰在空中活蹦亂跳，他把回爐鐵釘燒得通紅透亮，用火鉗夾起一顆，透過這只半透明的鐵釘注視遠方，整個世界交相輝映起鐵釘的玫瑰紅。水印微笑著滿足地回答了棉桃的話，只用了三個字，說：「釘棺材。」水印隨後拿起錘，整個鋪子裡隨即飛揚起死亡星火，蓬蓬勃勃，到處都有迷人的菊形弧光。

水印順手把火鉗塞進了淬火水缸，「吱」的一聲，玫瑰紅即刻消亡。水印臉上的微笑隨之消亡。釘子死了。從頭到腳全是死相。釘子死了更像釘子，正如人的屍體越發像人。

棉桃想得出鐵釘被水印挑著前往集市時的模樣，那些鐵釘被裝在草包裡頭，一路發出死亡的召喚，爾後探出頭，表情古怪地盤算天空與遠方。

那個貨郎第一次路過鐵匠鋪是在某年的六月，這個季節大地以夏麥作為標誌，滿眼金光燦爛。麥地的黃色變得飽滿，每一顆麥粒都帶了一根芒刺，這是麥子的炫耀性姿態。貨郎從麥地裡走了過來，他的整個行進過程只看得見上半身，這使他的出現帶上了虛幻性。貨郎走到大槐樹下面，看到鋪子的茅草屋頂長滿了雜草，玉立在沒有風的六月。貨郎坐在鐵砧的對面，向水印要了一碗水，送水來的卻是棉桃。水印與貨郎共享了一壺清水，作為報答，貨郎把手伸進褡褳，摸出一面小圓鏡，巴掌那麼大。棉桃隔著鐵砧接過鏡子，驚奇地從鏡子裡發現了自己。也就是說，棉桃驚奇地發現自己的一隻手把自己提了起來，放在了自己的對面。棉桃慌忙轉動手彎，陽光與麥地一齊向她洶湧過來，天地間一大堆難以表述的現狀頃刻間昭然若揭。

這只鏡子徹底紊亂了鐵匠舖，水印和棉桃交替著鑽到鏡子裡去，在鏡子裡打量自己。水印注意到頭上的戒疤被頭髮掩蓋了，就像太陽升起之後陽光掩抑了滿天星辰。

貨郎的出現使鐵匠舖的進程落入了俗套。這是水印還俗之後無可規避的世俗真意。世俗生活不外乎幾種套路，世俗對此無能為力。在這個問題上人們應當學會概括，概括起來說就是這樣：水印在某個清早趕集之後，貨郎把棉桃帶進了麥地。

這個精巧的時間順序體現了優秀商人的觀察與思考。

貨郎來到鐵匠舖時棉桃一個人在門前洗頭髮。她的木桶擱在鐵砧上面，地上扔了皂角的莖絲，棉桃一直堅持用皂角漂洗她的長髮，棉桃低著頭，弓著腰，從腦下看見貨郎倒著身子從麥芒中間翩然而至，貨郎的這種行走姿態在棉桃的審視裡神韻盎然。貨郎走到棉桃的身後，棉桃直起身，只是不住地梳頭，滿頭的梳齒印水水亮亮的。貨郎望著棉桃，她的目光像麥芒那樣有許多杈，散發出難以確定的憂鬱。貨郎對棉桃點過頭，伸手到上衣的口袋裡摸東西，掏出一塊小紙包，撕開包裝紙，遞過去，棉桃說：「什麼？」貨郎說：「洋皂。」「哪裡來的？」「東洋人的。」棉桃接過來，對著陽光照了照，半透明，像另一種燒熟了的紅燒肥肉。棉桃說：「做什麼用？」貨郎說：「洗頭。」貨郎想了想又補了三個字：「洗身子。」棉桃深吸了一口氣，就著洋皂聞了聞，認不出陌生的香氣屬於哪一個季節。貨郎指了指棉桃的頭髮，說：「你重洗。」棉桃把頭髮弄濕了，用洋皂擦了一遍又一遍。棉桃把頭髮捂在掌心才搓了兩回，雪白的泡沫蓬蓬勃勃地竟漲了開來。泡沫帶著一種嬌貴的響聲令人歡欣鼓舞。棉桃甩甩手，皂泡在陽光下紛紛揚揚，分解出陽光的各色成分，棉桃的臉上即刻五彩繽紛。她的眼裡放射出對富貴溫柔鄉那種真正俗世的無限憧憬。貨郎提起水桶，讓棉桃低下來，桶裡是潭水，倒出來的那條弧線淨得有些發烏，只在濺開來之後才白白花花。泡沫沖開後棉桃捻了捻頭髮，手指一股爽朗感。棉桃說：「乾淨了，這樣全乾淨了。」棉桃把頭髮攤在巴掌上，她看見了髮面上有一道拱狀彩虹。貨郎看了看四周，說：「你住在這裡做什麼？」

棉桃說：「還俗。」

貨郎聽後沒開口，過了很久才笑，笑得也很緩慢，植物的生長一樣不留痕跡，輕聲說：「這算什麼還俗？這裡還不是廟，還不是庵？」

棉桃說：「俗世到底在哪兒？」

貨郎說：「除了佛，樣樣有。」

棉桃靜靜地聽了，心裡有些怕，又有些不甘，只是把目光往遠處送。遠處是麥地。麥的外頭還是麥。棉桃頭髮裡的皂香就在這時感傷了，有一種絲狀繚繞，長在她的頭皮上。貨郎隨後把目光也移到麥地裡去了，這裡的機巧狗都看得明白。牠臥在風箱下面，一直在嚴重關注。

陽光在麥芒尖上，遍地猛凶燦爛。泥土烤出了氣味，在腳下鬆鬆散散。貨郎不像是外行，一上來就孟浪，大呼小叫說：「想死我了，你想死我了。」貨郎是裡手，在大汗淋漓中卻能保持從容不迫。貨郎說：「頭一回見你我就傷心。」棉桃聽了這話卻春心大動，說不出地難受。棉桃記得棉花田裡的那一次不是這樣的，什麼也沒有說，自己的手忙腳亂遇上的是水印的手忙腳亂。棉桃剛想問貨郎傷心什麼，嘴巴讓貨郎的嘴巴堵上，舌頭不說話了，在一起攪。棉桃無端地難受，淚水一個勁地往外湧。貨郎喘著氣說：「我帶你還俗！」

棉桃閉著眼大聲說：「你帶我走。」

隨後雪亮的天空把她的眼睛刺疼了，她閉了眼睛，多種鮮麗的顏色開始撞擊她的眼瞼。作為事情的結束，貨郎給了棉桃另一面鏡子，海碗口那麼大，鏡的背面有兩隻鴨子，棉桃到死也沒能明白鴨子和鴛鴦的區別。

棉桃在河邊埋好鏡子，回到舖子時一身的疲憊。她藏好洋皂，一個人倚在大槐樹上追憶當天的事。做愛後的疲憊使她無限恍惚，好像今天的事發生在好幾年之前，如身上的古怪氣味一樣有一種陳舊感。她望著遠方的路，直到水印頭頂暮色從遠方歸來。

水印一回來就從籮筐裡往外擺東西。他在桌子上放滿了鹽巴、油、蠟燭、豆瓣醬，爾後用兩塊竹片夾好餘鈔，塞到土基牆的縫隙裡去。水印就著醬扒完兩大碗米飯，躺在了竹床上。狗伸完懶腰的工夫竹床上就鼾聲如雷了。床沿的小竹片被他的鼾聲弄得不停地顫抖。棉桃望著這只竹片，在這個夜間開始了遐想，心思在尼姑庵、棉花田、麥地和塵世間無序地綿延。寂寞如天上的星辰，互不答理，互不打量。棉桃一遍又一遍想起貨郎的話：這算什麼還俗？棉桃弄不明白到底能把自己還到哪裡去。棉桃看見許多螢火蟲閃爍在她的心思裡頭，夜就是被這群螢火蟲弄得深邃而綿長的。

第二天一早水印點起了爐火。四周過濃的露水透射出涼意。棉桃從水印的手裡接過風箱把手，想對水印說，把鋪子安到城裡去。但棉桃立即發現水印在這個早晨第一樣活計就是鐵釘。棉桃說：「怎麼又是鐵釘？」水印說：「城裡頭開始殺人了，棺材漲價了，棺材釘也跟著漲。」棉桃說：「城裡頭殺人做什麼？」水印說：「這不關我們的事，我只管棺材釘的價格。」棉桃披著頭髮，手把風箱，停下了手腳，嘴裡沒有下文。這時候紅日初升，遠方城市在棉桃的想像中被照成了一片血腥色。

整個麥收季節貨郎再也沒有光顧。但貨郎的風流體態在棉桃的愣神中時隱時現。貨郎所說的真正俗世在棉桃的胸中風光無限又搔首弄姿，它們在棉桃的胸中沒有款式，如她的頭髮，紛亂而難以成形。

那個夏末的雨後，棉桃帶了把鏟刀去找鏡子。挖出來的鏡子黏滿汙泥。棉桃用鏟刀貼在鏡子表面認真地鏟刮。刮出了一層又一層銀亮的東西，而後在水裡沖洗乾淨。沖乾後棉桃大驚失色，這塊鏡子透明了，照不出任何東西，成了一塊玻璃。不祥的預感籠罩了棉桃。棉桃眺望遠方的舖子，自語說：「鏡子死了。」

水印就在這天的傍晚發現了洋皂。天黑下來，乳色洋皂胖胖的，發出柔嫩光芒。水印的手體驗到了極細膩的手感，聞一聞，想起了棉桃頭髮與奶子之間的芬芳氣息。水印在白蠟燭的燭光下向棉桃攤開了巴掌：「這是什麼？」口氣裡有了極大問題。

白色燭光照著棉桃的半個面部。這樣的明暗布局適合於回答上述話題。棉桃盯著水印伸過來的洋皂，臉上的燭光晃了一下。棉桃慢騰騰地說：「洋皂。」

「哪來的？」

「人家給的。」

「誰？」

「貨郎。」

水印停止詰問的時機恰到好處。優秀男人都有這種本能，盤問女人適可而止。棉桃毫無意義地梳理頭髮，她的梳理模樣心不在焉。水印注意到棉桃的胸脯有了很細微的起伏。這個殘酷的細節激怒了水印。水印一把搶過棉桃手裡的桃木梳，衝進院子，把梳子放在鐵砧上，「當」的一聲，許多梳齒向夜的各個方向飛躥而去，帶了一股哨音。隨後水印在鐵砧上頭放上洋皂，掄起鐵錘又一下。這回沒有「當」的一聲，飛出去的也不是哨音，而是白花花的碎顏色，水印扔了大鐵錘走到棉桃面前，抬起胳膊把她撕了。棉桃在水印撕她的過程中想起了貨郎撕那塊洋皂，一轉眼棉桃發現自己真的成了洋皂，胖胖的，白花花的。水印把棉桃擺平，棉桃不接受也不反抗，任他在身體內外拚命。後來棉桃的鼻息也粗了，像風箱，水印頓時就被風箱弄成了爐膛，大聲叫道：

阿彌陀佛阿彌陀佛阿彌陀佛

棉桃的叫聲更為匪夷所思，她叫道：

你——你——你——

後來「阿彌陀佛」與「你」一同平息了。彼此的安眠風平浪靜。所有的日子將歸結於斯。

雨下在後半夜。一個悶雷驚醒了棉桃。棉桃跨過水印，披上水印的外衣走出了木門，她站在大槐樹下，滿耳是狂放雨聲。這時候天上扯過一道雪亮閃電，閃電在舖子裡所有的地方疾速遊走。棉桃立即看見風箱的把手、鐵錘的把手以及鐵砧表面在閃電的照耀下放出一種猙獰的光，隨即又歸於黑暗。棉桃嚇壞了，好半天才想起來，那些被閃電照亮的部位都是讓手掌磨亮的。棉桃怎麼也沒有料到嚇壞自己的是世俗生活中最基礎與最日常的部分。

下一個駭人的雷電與棉桃緊密相連。但棉桃對它卻渾然不知。這道閃電從大槐樹上直落而下，沿著棉桃的雙腿向上升騰，棉桃的一頭長髮在某一個可怕瞬間全部站立起來，僵硬筆直，在頭的頂部張開一道黑色巨傘。隨後頭髮的末梢燃著了，迅速向髮根萎縮。眨眼間她的一頭秀髮半絲不剩，只給棉桃一頭的光頭皮。這一切發生得如此迅疾，肉眼看不見，只有佛的眼睛才能分解出若干細節。

這個雷雨之夜水印做了很多夢。他夢見了十二歲出家那年的著名狗頭。狗頭的肉香使十二歲的水印興奮不已。還俗後水印從來沒有做過這樣的夢。他只在廟裡夢見狗頭，還俗後他常夢見的是受戒。水印受戒時頭頂的灼痛尖銳無比地鑽進了肉體深處。水印側著頭歪著嘴，嘴裡一片亂語，他想起了師父的話，把自己的腦袋想像成一隻狗頭，這個主意立即減輕了他的苦痛，同樣，水印就此頓悟：最基本的方法往往正是佛的方法。

一早醒來，水印依然聞見肉香。是烤肉的那種香。水印完全沒有明白現實與夢的內在關聯。狗在門外走動，吐著舌頭，流淌口水。

水印一出門就看見了屍體。他從屍體的光頭一眼認出了是一位尼姑。屍體的背部一片焦糊。水印伸手去扶，卻撕下了一塊肉，肉下面是白骨，洋皂那樣有一種圓潤冷清的光。

殮屍過程水印與老狗一起沉默。中午時分事情就傳出去了。人們像蒼蠅一樣沒頭沒腦地飛來。水印不能知道世俗部落對死亡故事為什麼這樣津津樂道。事實上，棉桃的死既是世俗套路的另一款項，又具備了神話特徵，它聯繫了天上與地下。人們七嘴八舌，道出了棉桃之死的種種原因。三十里外一位九旬老者的話很有代表性。他說：他早就看出來有這麼一天。而他與棉桃未謀一面。

水印請來了木匠，他拆了舖子裡最好的木料，為棉桃預備棺材。木匠把木料新刨了一遍，在這種時候木頭氣味很必然地成了棺材的氣味。新刨的木料像大塊肥肉。看熱鬧的人很多，水印被弄得神志恍惚。一切都來得過於草率，所謂蓋棺定論總脫不了草率。棉桃入棺後水印挑了八顆最好的鐵釘，每一顆都眉清目秀。水印釘棺時用的是鐵匠錘，釘子一點一點陷入木頭，宛如牙齒一點一點切入肥肉。隨後整個曠野響起了棺材的空洞回聲。這種回聲不悠揚，不悅耳，沒有神韻，缺少起碼的金屬感，聽上去喪心病狂。

水印把棉桃埋在槐樹下。一同入土的還有鐵砧、鐵錘與風箱。墳頭正對著舖子的大門。做完這一切有人問：都埋了，你怎麼活？

水印的回話平靜如水，聲音帶有一種大覺悟後的空曠回音。他對著滿世界的風說：

我出家。

水印的舉動載入了史志。修志者曰：信仰淪喪者一旦找不到墮落的最後條件與藉口，命運會安排他成為信仰的最後衛士。從這個意義上說，出家俗人水印出家後重新做了和尚，為正反兩方面的人都預備了好條件與好藉口。

一九九五年第五期《作家》

枸杞子

他對北京的單戀行進在他的青春期，數不盡的紅枸杞在他的胸中鋪天蓋地，而北京依然站在柔桑或柳樹下面，均勻地撒播狐狸一樣的目光，沒有表情。

勘探船進村的那個夏季，父親從城裡帶回了那把手電。手電的金屬外殼鍍了鎳，看上去和摸起來一樣冰涼。父親進城以前採了兩筐枸杞子，他用它們換回了那把鋥亮的東西。父親一個人哼著〈十八摸〉上路，鮮紅透亮的枸杞子像上了蠟，在桑木扁擔的兩側隨父親的款款大步耀眼閃爍。枸杞是我們家鄉最為瘋狂的植物種類，有風有雨就有紅有綠。每年盛夏河岸溝谷都要結滿籽粒，紅得炯炯有神。大片大片的血紅倒映在河水的底部，對著藍天白雲虎視眈眈。

返村後父親帶回了那把手電。是在傍晚。父親穿過一叢又一叢枸杞走進我們家天井。父親大聲說，我買了把手電！手電被父親豎立在桌面，在黃昏時分通體發出清冽冰涼的光。母親說，這裡頭是什麼？父親說，是亮。

第二天全村都曉得我們家有手電了。這樣的祕密不容易保住，就像被人胳肢了臉上要笑一樣自然。村裡人都說，我們家買了把手電，一家子眼睛都像通了電。這話過分了。我們這樣的人家早就學會了自我克制。許多人問父親，你進城了吧？父親多精明的人，你一撅屁股他就曉得什麼屁。父親避實就虛，虎著臉說，進了。

晚上天井裡來了好多人。他們坐在我們家的皀莢樹下拉家常。夏夜清清爽爽，每一顆星都乾乾淨淨。沒有氣味。這樣的漆黑夏夜適合於蛐蛐與夜鶯。牠們在遠處，構成了深邃空間。

話題一直在手電的邊緣。人人心照不宣，但誰也不願點破，這是生存得以常恒的實質性方法。夜很晚了，狗都安靜了，他們就是不走。母親很不高興，她的芭蕉扇在大腿上拍得劈啪起勁。後來母親站到了皀莢樹下，手裡拿了一把鋥亮的東西。父親這時依然低著頭吸菸，菸鍋裡的暗火又自尊又脆弱。母親說，你們看夠了！你們睜大眼睛看夠了！母親用了很大的努力打開開關，一道雪亮的光柱無限肯定地橫在了院子中間，穿過大門釘在院牆的背脊上。皂莢樹上的棲鳥驚然而起，羽翼帶著長長的哨聲彗星一樣劃過，使我們的聽覺充滿宇宙感。

故事的高潮是母親滅了手電。人們在黑暗裡面面相覷。

勘探船在那個夏夜進村了。他們是從水路上來的，來得悄無聲息。他們的外地口音使他們的話聽上去極不可靠。勘探隊長戴了一頂黃色頭盔，肚子大得像個氣球。勘探隊長說，他們是來找石油的，石油就在我們村的底下，再不打上來就要流到美國去了。當天他們就在我們的村北打了個洞，一聲轟隆，村子像篩糠。大夥立即把父親叫過去，他們堅信，只有殺過人的父親能夠阻止他們。父親走到村北，依據他的經驗認定了大肚子是隊長。父親又立在勘探隊長的面前，雙手抱在前胸，說，不許打了。父親幾年之前殺過人，我們一家都以為要判死罪的，他用鏟鍬削去了偷地瓜阿三的半塊腦袋。父親沒有被判罪，反而在主席臺上披紅戴綠成了英雄。這裡頭有許多蹊蹺，但不管怎麼說，殺人一旦找到了合理藉口，殺人犯就只能是英雄。

父親說，不許打了。

勘探隊長說，你是誰？

父親說，再打你就麻煩了。

父親把這句話撂在村北，一個人回家玩手電去了。父親把手電捂在掌心裡，十隻指頭蝦子一樣鮮活、紅潤、透明。而後父親把門窗關緊，用手電從下巴那裡照到臉上去。母親被父親嚇得像老鼠，她認為父親的那模樣「比鬼還難看」。

天黑之後來到我家天井的是大肚子隊長。他坐在我們家的矮凳子上，鼻孔裡喘著粗氣，說話的氣息變得吃力。他稱我的父親「親愛的同志」，然後用科學論證了石油和馬路汽車的關係，尤其強調了石油與電的關係。他說，石油就是電。有了石油，村子裡的所有樹枝上都能掛滿電燈，也就是手電。月亮整個沒用了。村子裡到處是電燈，像枸杞樹上的紅枸杞子一樣多。電在哪裡呢？——電在油裡頭；而油又在哪裡呢？——油在地底下。隊長說，這是科學。父親後來沉默了。母親說，你聽他瞎扯。父親嚴肅無比地說，你不懂。母親反駁說，你懂！父親說，這是科學。母親說你曉得什麼是科學，父親便沉默。他對科學不做半點解釋，把科學展示得如他的沉默一樣深邃、魅力無窮，由不得你不崇敬。

父親對勘探隊長說，你們隨便打，除了大閨女的床沿，你們哪裡打洞都行。

大哥偷了手電往北京家匆匆而去。大哥一定拿手電討好那個小騷貨去了。北京是學校裡作文寫得最好的美人。她曾在一篇作文裡給自己插上兩隻翅膀，用一天的時間飛遍祖國長城內外與大江南北。要不這樣，她也不敢讓人們喊她北京的。那時候我們時興用各大城市為孩子起名，北京的雙眼皮與大酒窩，為她贏得了首都這個光芒四射的名字。村裡大部分男孩都喜歡北京。他們要不喜歡她是不可能的，但北京並不喜歡他們。她常用狐狸一樣的目光等距離地打量每一個和她對視的男子。這種目光令人激動，讓人傷心絕望。她就那樣用狐狸一樣的目光正視你，讓你的青春期雜亂無章。

大哥從北京家回來時一臉灰。可以想像到北京見到手電後無動於衷的冷漠模樣。

那個晚上全村人都看到了大哥丟人現眼，他拿了父親的手電爬到北京家的院牆上頭，如一隻貓，弓著腰四處尋腥。他把手電打開來，對著天空，天空給照出了一個大窟窿。大哥的這次荒謬舉動給了人們關於夜的全新認識，夜是沒盡頭的，黑暗一開始就比光更加遙遠。山羊鬍子老爹甚至說，夜和日子一樣深，再長的光都不能從這頭穿照到那頭。山羊鬍子老爹的話沒有得到應有的關注。一般性的看法是，夜裡的空間被折疊好了，存放在手電裡頭，只要開關一不小心，空間就順著光亮十分形象地延展開來。大哥是被父親吆喝下來的，下地時大哥崴了腳踝。大家都看見了大哥的狼狽樣，只有北京例外。北京這刻兒不知道在哪裡，漂亮的女孩到了夜裡就像魚，你不知道她們會游到哪裡去。

民間想像力的發達總是與村落的未來有關。父親的手電頓時給忽略了。人們一次又一次規劃起電氣化時代。父親說，到那時水裡也裝上了電燈，人只要站在岸上就能看見王八泥鰍與水婆子。父親設想到那時，每一條河都是透明的，我們看魚就像玉帝老兒在天上看我們那樣。總之，科學能使每一個人都變成神仙。

而勘探隊的勘探進程完全是現實主義的。他們不慌不忙地打眼，貯藥，點火，起爆。河裡的魚全給震昏了，牠們把腹部浮出水面，在水面上漂了一層。勘探隊長整日待在井口，面對地下躥出來的黃泥湯憂心忡忡。他希望能告訴我們石油就在腳底下，挖田鼠那樣動幾鍬，石油自己就跳出來了。大肚子隊長有點擔心找不出油來。「親愛的同志」們一般是不會接受沒有結果的科學的。那些隊員似乎早就疲沓了，日午時分倒在樹蔭底下午眠。他們的黃色頭盔罩在臉上，成了呼嚕的音箱。這樣的時刻，父親和他的鄉親們認真地臥在井口，看黑洞洞的井底。有人提議說，用手電照照。父親回家拿來了手電，照下去，一無所有。這樣的感受在盛夏裡顯得陰森，父親對著井口一連打了十幾個噴嚏。有人問，下面科學嗎？父親默然不語。父親把科學和希望全閉在了嘴巴裡，而他的嘴巴僅僅補充了三個噴嚏。隨後太陽金燦燦，枸杞子紅豔豔。勘探隊長的大肚子在午眠中呼吸，一上一下，像死去的魚隨波逐流。

這樣的午後大哥顯得焦慮。他的神態被北京弄得如一顆麥穗，隱藏著多種結果與芒刺。大哥的步行動態顯得疲憊不堪，歪著頭，又憔悴又空洞。大哥是唯一生存在石油神話外部的獨行客。無數下午一個又一個向他襲來，熬不過去。他對北京的單戀行進在他的青春期，數不盡的紅枸杞在他的胸中鋪天蓋地，而北京依然站在柔桑或柳樹下面，均勻地撒播狐狸一樣的目光，沒有表情。有一種充滿愛意的冷若冰霜，也可以這麼說，有一種神似蜜意的鐵石心腸。天下所有的美人中，只有北京能做到這一點。這不是修煉而就的，概括起來說，是與生俱來。誰也料不到會出這樣的事，北京讓勘探隊的一個鬈毛小子給開了。事發之後有人揭示，他們已經眉來眼去兩三天了。依照推算，兩三天之後發生那樣的事完全是可能的。事後還有人發現，北京和小鬈毛對視時下巴都掛下來了，根據祖傳經驗，女兒家下巴掛下來兩條腿就夾不緊了。這一點毫無疑問。北京在事發之後睡了整整一天，重新出門時北京變了模樣。女孩的美與醜與政治很像，處在懸崖之上，要麼在峰巔，要麼在深谷，沒有中間地帶。北京眨眼間就從峰巔摔進了谷壑，所有美麗被摔得粉碎。她眼裡的狐狸說走就走光了，兩隻眼睛成了手電，除了光亮別無他物。大哥得到消息後全身都停電了，說北京騙了他，說北京不要臉，說北京是枸杞子，看起來中看，吃起來澀嘴。但大哥看到北京後出奇地輕鬆愉快，北京醜得走了樣，兩隻小奶子也掛下來了。北京的那種樣子再也長不出翅膀，一天之內飛遍祖國九百六十萬平方公里了。北京曾經擁有的美麗過去成了笑柄，好在人人都在關心科學與石油，大哥和其他青春少年就此終止了單戀，他們大聲說，（北京）開過啦。聲音又快活又猥褻。人們對失去的純真與理想多半作如斯處置。

父親們的盼望與勘探隊的無精打采形成強烈反差。即將收割的水稻和正值成長的棉花被踩得遍地狼藉。鄉親們站在自己的稼禾上面心情是矛盾的。大肚子隊長一次又一次告訴他們，這裡將是三十八層高樓，四周牆面全是玻璃，在電燈光的照耀下無限輝煌。而後稼禾帶給他們的心疼被憧憬替代了，高樓和燈光在他們貧瘠的想像中霧一樣難以成形，高樓拔地而起的模樣永遠離不開水稻生長的姿態，一節，再一節，又一節，後來就無能為力了。

父親一次又一次與大肚子隊長討論過石油出土的可能性。每一次父親都得到肯定回答。父親一次又一次把那些話傳給鄉親，鄉親們默然不語。他們對殺過人的人物存有天生的敬畏，沉默就算是拿他不當回事了。父親大聲說，不出二十年，我保證大家住上高樓，用上電燈。大夥聽了這樣的話慢騰騰地散開了，他們的表情一片茫然。他們最信不過的就是用未來作允諾。在實現不了諾言時，再把罪咎推到別人頭上。食言要做的只有一件事，站在皂莢樹下面，手執手電，做出正確的神態。都習慣了。

大哥在這個晚上碰上了倒楣的事。他再一次偷走了父親的手電，獨自到村東找蛐蛐。大哥在棉花田裡專心致志，貓著腰，認真地諦聽每一個動靜。大哥一定聽見了那聲極細微的聲音，他走過去，看見了一樣白花花的東西。是一隻光腳。闃靜中大哥五雷轟頂。那隻腳安然不動。大哥的手電光順著腳無聲無息地爬上去，是一條腿。又一條。又一條。又一條。一共是四條。大哥還沒有來得及尖叫就被人推倒了，嘴裡塞滿土。手電被扔進了河裡。四條腿驚慌地狂奔。

開著的手電以抒情的姿態沉下河底。有人發現了河底的亮光。有兩三丈那麼長。許多人趕到了河邊，甚至包括勘探隊的大肚子隊長。河底的光呈墨綠色，麥芒一樣四處開張。人們站在岸邊手拉手，肩貼肩。人們以恐怖和絕望的心情看著河裡的墨綠光慢慢地變暗，最後消亡。山羊鬍子老爹說，動了地氣了。動了地氣了。一個晚上他把這句話重複了一千遍。

第二天大家閉口不提夜裡的事。快近晌午北京從河底浮上來了。在發光的那條河的下游。北京的整個身體彼此失去了聯繫，一個勁地往下掛。北京的死亡局面栩栩如生，在晌午的陽光下反射出一種青光。人們把目光從北京的屍體上轉移開之後，枸杞子被一種錯覺渲染得血光如注。展示出一種靜態噴湧。

父親沒有把手電失蹤的事張揚出去。手電的事肯定就此了結了。但那把水下的手電從此成了神話。甚至就在上個月的二十九號還有人提起過那事。他說他「親眼看見」河裡頭亮起來了，第二天北京就死在那兒。許多人說他吹牛，河水怎麼能在夜裡發光呢？敘述者又委屈又激動，說，北京要活著就好了，她一定知道那一切全是真的。敘述者補充說，當年還有一支勘探隊，他們四處找石油。

勘探隊在短暫的沉默之後又開始了爆炸。河裡沒有再死魚，因為河裡已經沒有魚可以死了。他們的外地口音失去了初來乍到的魅力，他們的操作失去了圍觀，只留下孤寂的爆炸和傷感的回音。

在暮色蒼茫時刻大肚子隊長生氣地脫掉了他的長褲。他的雙腿堆滿傷疤。那些疤在夕陽裡閃閃發光。大肚子隊長一個勁地說話，他的自言自語一刻也沒有離開疤的內容。他說，這個世上到處是疤，星星是夜空的疤，枯葉是風的疤，水泥路是地的疤，冰是水的疤，井是土的疤。大肚子隊長說著這些瘋話，悄然走上船去。他光著雙腿走上船的背影成了我們村最動人的時刻。

濃霧使大早充滿瞌睡相。雞的打鳴都是象徵性的，撂了兩嗓子，就睡回頭覺了。濃霧裡頭父親做著夢，他夢見了石油光滑油亮的背脊在地底下蠕動的模樣。石油被他的夢弄得無限華麗，與黃鱔的游動有某種相似。

大霧退盡後太陽很快出現了。太陽的復出使我們的村莊愈加鮮嫩可愛。這時候有人說，勘探隊！勘探隊！人們走東串西沒有發現勘探隊的人影。只有無盡的枸杞子被濃霧乳得乾乾淨淨、水靈活現。大夥跟在父親的身後來到河邊，河邊空著，滿眼是細浪和飛鳥。濃霧退盡後的河面有一片「之」字形水跡，如一只大疤，拉到河面的拐角。這個疤一直烙在父親的傷心處。父親的眼裡起了大霧。很蒼老的感覺在內中滋生，彌漫了父親的那個夏季。

一九九四年第八期《作家》

充滿瓷器的時代

展玉蓉。熟稔秣陵鎮歷史的人都知道，叫這個名字的女人是王五他老婆，一個豆腐一樣白嫩、指頭摸兩下就要裂開身子的俏麗女人。

地址的選擇絕對是先驗的，它從一開始就決定了「是這兒」而不會「在那兒」。這一點從英語的發音也可以得到證明：here，多麼決絕、充滿信念；而there就恍惚得多，悠悠得多，拉開了一段模糊距離。藍田選擇他的店舖地址時一開口就咬定了T形巷口的陽面拐角。許多人勸他，你怎麼糊塗了，你怎麼忘記豆腐店老闆娘吊死的長舌頭了？藍田顯得義無反顧，但藍田的回答從一開始就有點陽氣不足，他說，我賣瓷器，又不出豆腐。藍田的女人一直盼望舖子能開在剃頭店的對面，那裡人多嘴雜，是三十至四十歲的女人最喜愛的隱私風景線。藍田的最終決定打消了藍田女人的如意算盤，藍田站在T形巷口的陽面拐角，甚至是惡狠狠地說，就這兒。這句話在上帝的耳朵裡一定就是here，眾所周知上帝的兩隻耳朵同樣精通英語。

豆腐店的生意原先就好，在秣陵鎮與陽光植物們一起妖嬈。許多人主張對豆腐應當緘默，因為豆腐的歷史完全對等秣陵鎮的歷史，這樣的話題引發開來將不可收拾。豆腐羅列在柴米油鹽醬醋茶之後，是秣陵鎮開門的第八件事。有一年冬天外鄉人王五連同他的老婆一起來到秣陵，他們帶來了兩樣陌生的東西：他們的外地方言和王五老婆白嫩的皮膚。見過王五老婆的男人們都說，哪裡是人，分明是塊豆腐。男人們針對有沒有碰觸王五老婆的皮膚用了這樣一句隱語：吃豆腐了？是男人都知道這句話已成了典故。這是秣陵鎮對漢語的唯一貢獻。由此不難考證，漢語的發展與不光明的社會需要密切相連。

王五的豆腐店風靡秣陵鎮時大約處在王五仿學秣陵鎮的口音過猶不及的時代。也就是說，王五差不多被秣陵鎮認同，但同時又無疑是外鄉人的這段時間。每天清晨王五的老婆坐在熱騰騰的新豆腐旁邊，她坐在椅子上，抱著一隻膝蓋彎或另一隻膝蓋彎，十隻長指頭叉在一處，宛如未開放的花瓣與花瓣。她挑著畫成的假眉毛對每一個買豆腐的客人說，今天吃豆腐？她的外鄉口音很快使秫陵鎮對豆腐充滿了激情。人們用它宴客待賓祭祀祖宗。今天的秫陵鎮人學會了憶舊，這是T形巷口的陽面拐角對秫陵鎮的最大貢獻。

藍田的舖子在初六開張，那天來了許多觀望的人們。多數人的表情都不像藍田那樣喜慶，那樣如日中天。人們的臉上是一種不確切的神色，也就是說，人們選擇了一種似是而非的面部靜態滿足了他們的內心需要。人們看清了舖子裡一摞一摞口徑不等的瓷質器皿。是飯碗。透過爆竹開炸的黃色煙霧，那些飯碗顯得很麻木，瓷的光芒使人們想起出水豆腐的水色。出於比較，瓷質顯得無情無義。用瓷器發明飯碗一開始就文不對題。瓷器在秫陵鎮應該充當何種角色，是一個博大精深的話題，人們複雜的表情表明了大夥對這一問題的無能為力。

後來藍田女人懷裡的奶娃就哭了。藍田女人兩條腿的旁邊各有一個難分性別的孩子。他們抱著藍田女人的腿，用驚恐的白眼打量四周。懷裡的孩子一聲驚哭藍田的女人便抖動起兩隻胳膊，她的兩隻大乳房水袋子一樣發出液體晃動的聲音。藍田聽見了奶娃哭嚎，臉上說變就變。藍田大聲說，你怎麼孩子也不會帶？你的兩個奶頭讓狗吃了！藍田的女人走到了鋪子的後面，那裡堆滿雜貨，彌散出驢糞蛋的悠久氣息。許多人都記得那裡原先餵了一頭驢，磨粉的時候雙眼被兩片黑布罩住。迷失了方向的毛驢往往會一往無前。主人手裡拿了鞭子，驢的眼睛變成了最無意義的生物部分。藍田的女人把醬黑色奶頭塞進了奶娃的嘴裡，奶娃掉過頭吐了出來。藍田的女人就勢換了另一隻，奶娃用剛出蕾的牙齒咬住了。藍田的女人尖叫了一聲便在奶娃的屁股上猛拍幾下。藍田對兒子的啼哭耿耿於懷。說不出理由。好多日子以後心裡頭都隱隱不快。

藍田和他的女人有意無意地學起了秣陵鎮的聲腔音調。這是接近異鄉人的唯一途徑。藍田不久就學會了用秣陵話罵秣陵人了，秣陵人接受了藍田這個討好性做法。藍田這樣說：「是你呵張哥，我日你龜婆！」「張哥」則這樣答曰：「是呵我日你龜婆。」

秣陵人很快發現他們當初的疑慮毫無道理。飯碗的生意好得驚人。秣陵人自己也發現了，飲食器皿比飲食本身更能引起人們的興致，藍花白底的飯碗就這樣從養毛驢的地方搬上櫃檯，再走進每一個家庭。與此同時，另一樣手工業在秣陵得到了飛速發展，他們拿著一把小錘和鋼鑿，挨家挨戶在碗底鑿上男人的姓氏。根據審美趣味的不同，這些手工業者預備了行、草、隸、楷等四樣字體，另外配製蓼藍、朱砂和墨黑三種顏色，這樣的組合基本保證了每家每戶飯碗的百花齊放。據說殷寡婦一時心血來潮，也在飯碗上刻下了她死鬼男人的姓，殷寡婦吃飯時捧著那只碗四處遊蕩，臉上的樣子幸福得像新娘，好像第一次端起了她男人的飯碗。

秣陵鎮總結出了外鄉人的厲害，外鄉人總能在秣陵鎮呼風喚雨，他們點頭哈腰，到頭來受制於人的卻是秣陵鎮自己。

藍田的女人不識字，甚至不識阿拉伯數碼。然而，藍田女人的記憶和大多數目不識丁的聰明女人一樣眉清目秀。在每天開門和打烊的這段時間，藍田的女人守著成打成捆的瓷器，顯得寂寞孤楚。在生意的間隙藍田的女人幾乎記住了方圓幾十戶人家的老小姓氏。不久以後藍田的女人神經質地念叨一個燦若桃花的名字：展玉蓉。熟稔秣陵鎮歷史的人都知道，叫這個名字的女人是王五他老婆，一個豆腐一樣白嫩、指頭摸兩下就要裂開身子的俏麗女人。藍田的女人開始了史學探究，她對展玉蓉當初的一顰一笑有一種瘋狂的投入，她幾乎向每一個在T形巷口駐足的女人打聽豆腐坊的過去。但展玉蓉的名字有一種魔法，使所有飛短流長的女人顧左右而言他。

最初滿足修史者好奇心的往往被修史者稱為「歷史」。這裡同樣存在得來全不費工夫這條真理。終於有一個麻臉婆子給了藍田的女人一把研究展玉蓉的金鑰匙。麻臉婆子用更年以後的乾澀嗓音（這樣的嗓音完全適宜敘述歷史）告訴藍田的女人：

（展玉蓉）先前在城裡做姑娘的。

做姑娘？什麼是做姑娘？

你怎麼這個也不曉得，就是做那個。

哪個？

賣嘴皮子。

什麼賣嘴皮子？

木頭。是下面那張嘴。

藍田女人恍然大悟的神情泡在蒼茫的暮色之中。即使是一個單個人的歷史依然是空曠的。做姑娘。藍田的女人開始設想展玉蓉在秣陵鎮的諸種細節，每一個細節自然都是「做姑娘」的派生部分。晚上睡覺時藍田的女人說，你知道王五他老婆是做什麼的？藍田說，我哪裡知道。在城裡頭做姑娘，女人說。做姑娘？什麼是做姑娘？你怎麼這個也不曉得，就是做那個。哪個？賣嘴皮子。什麼賣嘴皮子？木頭，是下面那張嘴。藍田臉上的神情認真起來，你怎麼知道的？藍田女人的腦海裡頓然出現了歷史空缺，但藍田的女人立即把展玉蓉「做姑娘」推向了歷史的最高真實，藍田的女人說：「誰不知道。」

在那個暴雨的午後麻臉婆子開始了展玉蓉的歷史補充。歷史的敘述方法一直是這樣，先提供一種方向，而後補充。矛盾百出造就了歷史的瑰麗，更給定了補充的無限可能。最直接的現象就是風景這邊獨好。從這個意義上說，補敘歷史是上帝賜予人類的特別饋贈。

麻臉婆子依照本能一下就把握了敘述歷史的科學方法，即針對死去的人一律採用批判眼光。這給講述與接受都帶來了無限快慰。「她（展玉蓉）不是在城裡做姑娘嗎？」麻臉婆子說，「不知怎麼弄的（這為另一位補充者提供了契機）就嫁給了王五。他們來到秣陵鎮，就像從石頭縫隙裡鑽出來的一樣。他們來到秣陵鎮。做豆腐是後來的事。豆腐的確白，但豆腐能不白嗎？不白不成臭豆腐了？」

麻臉婆子說，我長這麼大沒見過這麼白的女人。麻臉婆子說，一眼就曉得是做姑娘的。你說說，那麼白不做姑娘還能做什麼？麻臉婆子說，你白嗎？我白嗎？

不白。藍田的女人又認真又惶恐地說。

不過我年輕時還是滿波俏的，麻臉婆子說，要不是生了天花，我原先是個美人呢。誰不看我。麻臉婆子喟嘆一聲說，你看看現在。

這又怎麼了，藍田的女人說，還不是一樣波俏，五官七孔在這兒。

麻臉婆子臉上的每一個麻子都發紅光了。你曉得她怎麼死的？吊死的？是讓她男人勒死的！她和剃頭店裡的每一個男人都睡過，把那些剃頭的腰都睡閃了。你瞧瞧她出的豆腐，哪一塊不臊氣烘烘的，男人全像貓見了腥。

這個午後的雨把巷子全下空了。整個T形拐角布滿雨的聲音。每一家店鋪的滴漏上都拉著密匝匝的雨簾。空間積滿了茫然與空濛。瓷器在午後的雨中恪守安寧，同時散發出了一種穩固的憂鬱，與它們作為碗的身分不相符合。然而，作為談話時的背景，尤其是女人向女人敘述歷史時的場景部分，瓷器以及它們的憂鬱恰如其分。這個不容置疑，要不然這故事就沒法說了。在一段相當長的沉默過後，麻臉婆子說，這也不能怪她，她就是做這行的，再說，一個外鄉人，不那樣又怎麼待得下去。麻臉婆子說這話時每一顆麻子裡都放了好多同情，只要她一笑那些同情就會擠脫出來。麻臉婆子說完這句話回頭看了一眼藍田的女人，藍田的女人臉上一下就灰了，像雨中無人的街心。兩隻眼睛吹拂起秋後的風。麻臉婆子慌忙地說，我這話沒別的意思。藍田的女人回頭時的動態像一只雞，很突兀地笑起來，說出來的話歷史結論一樣五歹六歹：我的哪一只碗燉不得豆腐。

藍田的鋪子在十五那一個大集市遇上了實質性麻煩。和所有的集市一樣，秣陵鎮的集市一律安排在可以被五除盡的日子。無論是公曆還是農曆都不能解釋這種選擇。日子的遺傳往往造就了規律。趕集的人依仗上天預備好了的滿月把集市拖到了暮色上梢時。人們知道過了這一刻夜會再亮起來，一點不比白天差。藍田的舖子不知道麻煩即將來臨。藍田的女人晃動著兩隻大水奶，正在完成最後一筆貿易。藍田的女人手把拼木門板預備打烊，高財主的下人走過來，大聲說，妹子，拿十只大碗十只二碗，三少爺做十歲，急等呢。藍田的女人一張臉提前被月光照亮了。她提了粗厚的草繩把一摞大碗遞過去。她提得小心翼翼，任何紅白喜事中飯碗是切切打不得的。瓷器的背脊在暮靄中流蕩出弧青的光。交手與接手之間高財主下人的指尖出現一種嚴重企圖。而後就咣當一聲。是喪心病狂的咣當一聲。T形巷口所有的聲音就死了。聚了黑年手的月光，雪白瓷片四處飛躥，有一種被解放的幸福與酣暢。碎片在暮色中迴光返照，炯炯有神。藍田女人的手僵在那兒，保持現場造型。後來散集的人都聽到了財主下人的一聲鼻息：哼！鮮嫩的月光把人們悄悄送走了，鮮嫩的月光照出了空街瓷片的猙獰。秣陵鎮人很快發現，飯碗破碎時面目可怖，長了尖長的牙。瓷器的溜光渾圓一開始就靠不住。難怪仇人用砸碗來詛咒仇人的喜喪。

藍田的女人在燭光下告訴藍田，事情壞了。藍田宛如被窯燒過了一樣沉默。藍田的女人說，事情壞了。藍田默然走近樣品貨架，隨手操起一只碗。咣。又操起一只。咣。又操起一只。咣。整個滿月的夜被那種迸裂聲砸得星空浩瀚。

更糟糕的是第二天財主並沒有上門。事實上，財主永遠也沒有上門。所有人都認為財主不可能善罷甘休，藍田和他的女人當然更這樣認為。預防和警惕的心態在外鄉人夫婦的心中與日俱增，明天一樣綿綿無期。

藍田的舖子在一度蕭條過後迎來了梅雨季節。天空永遠是女人來紅時的臉色，無目的的厭倦和無原因的無聊構成了另一種日常。瓦屋的青灰色瓦楞裡長滿了青灰色的瓦花，只有在夜間貓的叫春聲中才走進人們的想像。人們依靠嗅覺在梅雨季節裡推算時辰，燒餅、油條以及麻團、熏燒的氣味在細雨中難以擴散，沿著巷口告知人們何時寬衣解帶何時上鍋下廚。藍田的女人在經歷過一場心靈災難後整日恍惚如夢。掛著兩隻大水奶子，歪著脖子，就那樣看對門屋頂上的青灰瓦花。整個梅雨季節好像就為她一個人準備的，她就那樣聞著鋪子裡的霉味，讓一個又一個飄散梅雨的日子在失神的眼中紛飛如風。

藍田在曠日持久的缺席之後突然出現。那一天晴，東南風一至二級。最高溫度十九攝氏度，最低溫度十一攝氏度。藍田出現在秣陵鎮的這一天臉上晴空萬里。他的鋪子一開門就迎來了嘩啦嘩啦的陽光。人們站在藍田的鋪子前驚呆了，鋪子撤走了瓷器，三面牆掛滿了鏡面與玻璃，乾淨和雪白的光照亮了所有空間，巷子也掛到最高一排的鏡面裡去了，青石路面和行人一律斜過來四十五度，世界的秩序全亂套了。圍過來很多人，藍田親自站櫃，他在兩排牆的鏡子中間拉成了兩道對稱的身體長廊，他的女人退在後面，烘托出藍田呼風喚雨的舉手投足。藍田大聲說，快來買，透明的是玻璃，不透明的是鏡子，玻璃裝在窗子上，又不透風又不滲雨。一個女人在人群裡說，家裡的事全讓人家看去嘍！大夥一陣哄笑，藍田也笑。藍田說，不要緊，燈一熄別人什麼也看不見。大夥又一陣哄笑，藍田的女人也笑。不過一定有人注意到，藍田女人的表情有點怪異，玻璃一樣隨喜喧鬧，卻也玻璃一樣清冽易碎。但藍田的樣子充滿自信。他相信貿易的革命會帶來一連串的革命。

日子一亮麗藍田的女人就會追憶展玉蓉。那個未謀一面的傳說中的女人占據了藍田女人的全部憧憬。她一次又一次坐在門口的凳子上，蹺著腿抱住膝蓋，十隻指頭交叉在一塊，她自己就發現這樣的畫面離展玉蓉隔了遙遠的距離。她去過剃頭店，那些閃了腰的男人而今腰板很好。然而，藍田的女人在意外之中發現展玉蓉的故事離自己已經相當貼近。那是一個無聊安靜的中午，藍田的女人來到剃頭店，只有姓馬的師傅在那裡養神。他們坐著說了幾句家常，馬師傅說，你腦後的頭髮有點翹，削薄一點就好了。藍田的女人笑著說，別把我削成尼姑。事情到了這個份兒上都是平靜的。後來事情起了質的變化，是從指頭與皮膚的關係開始的。先前藍田的女人感覺過馬師傅的指頭，藍田的女人沒往心裡去。那是一種工作關係。但後來指頭一個一個全高興起來，在她的耳墜和下巴之間春蛇一樣爬動。藍田的女人驚慌地睜眼盯住鏡子，屏住了呼吸，剎那間看見了鏡子裡的展玉蓉。這個瞬間的錯覺使藍田的女人躍躍欲試，藍田的女人小心地在鏡子中看了馬師傅一眼，馬師傅的表情若無其事，望著巷口。藍田的女人僵了好半天終於做出了大膽的舉動，她用腮幫主動蹭了那些春蛇幾下。藍田的女人看見那些蛇竟然不動了，仰著頭噝噝吐芯子。藍田的女人看見大幕業已拉開，另一個外鄉女人將從秣陵鎮走向傳說。藍田的女人臨走之前又看了一眼鏡子。沒有留下任何跡象，這是鏡子的好處之一。

秣陵鎮人一致認為藍田捨棄飯碗買賣是一個關鍵性錯招，尤其在舖子毀滅之後。人們指出，東西越透明越光亮就越危險。藍田一定是昏了頭了。藍田無論如何不該弄那些東西放到舖子裡來，那麼多鏡子，把這個世界弄得無處躲藏，和世界對著幹能有什麼好結果？世界總有一部分見不得人與光，這完全符合八卦的陰陽學說。就像老鼠洞，藍田怎麼也不該做那樣的惡作劇，用鏡子的反光把太陽刀子一樣捅進去，那些老鼠從洞裡衝出來時路都不認識了，對著地上的鏡子就向鏡子奪路而逃，結果撞得頭破血流。這樣的玩笑開大了。但有人做評述補充時選擇了另一個審視角度，另有人說，豆腐店也好，瓷器店也好，關鍵是暴發了。錢一多就會出事。朝朝代代都這樣。要是光有錢不出事，幾千年下來這世上不全是錢了？人還怎麼活？這句話出自另一位外鄉人之口，這已經是多年之後的事了。

但是藍田賣玻璃並沒有發財。事情是明擺著的。不久以後三面牆的鏡子就照出了藍田的傷神模樣。藍田女人難以遏止的焦慮被鏡子的投射拉出了無限的虛幻空間，藍田的女人面對大街，但人們看見的卻是鏡子裡的那些背影，好像藍田的女人整天給大街一個背，盡朝著世界的反面默然不語。女人對第一次偷情勝過新婚。雙重意義上的衝動造就了所謂色膽包天。藍田的女人在藍田進縣城後的當天下午就來到了剃頭店。藍田的女人是帶著她的大奶子、口乾的感覺和相互扯動的心思踏上剃頭店石門檻的。互懷鬼胎的目光在鏡子裡對視過後，藍田的女人坐在一旁。過路的人招呼說，怎麼有空坐到這裡來了？藍田女人的回答有點似是而非又急不可耐，她說：「死鬼進城了。」心跳的時候藍田的女人有些後悔，這句話完全可以等一等再說的，展玉蓉肯定不會這樣。

美人的死亡經歷過傳說就只剩下美學意義。死的原因與過程全成了其次。展玉蓉的身體被吊在木門的後面，一絲不掛。即使是死亡也不能更改她的雪白如玉。展玉蓉的十隻指頭如寒冬屋簷的冰凌，由粗到細晶瑩多芒，指甲蓋失卻了血色有了半透明的透視，能看見骨頭的竹狀關節。展玉蓉的脖子留了一道絳紅色的血印，她的生命就是由這道血印扣走的。不幸的是她的舌頭。這是展玉蓉的死亡遭受指責最集中的部分。那個讓無數男人魂不守舍的精緻玩意失去了張力與彈性，吐了出來，很長很長。許多人做過努力，她們怎麼吐也不能把舌頭吐到下巴的下面去。這些話被廣為流傳。許多死亡因為傳說的美學需要失掉了價值，即歷史感與哲學深度。藍田的女人是一個極端的例子，很多年後另一位外鄉人聽說了展玉蓉的死亡過後講了這樣一句話：「諸神不關心我們的安全，卻很注意我們所受的懲罰。」沒有人對他的話感興趣。但他接著說，展玉蓉滿足了秣陵鎮人對死亡的幸災樂禍。死亡對她來說是最後一次體面。

天黑之後藍田的女人安頓好孩子。用兩塊布遮住了拼木門板的空隙。點好蠟燭，鋪子裡一片雪亮。夜就像鏡子裡的世界一樣闃寂。是多種角度的闃寂。門被敲響了。幸福的恐怖從天而降。馬師傅聽見門裡問，誰？藍田的女人聽見門外說：我。

世界在某種時刻與豆腐、碗、玻璃一樣不堪一擊。躡手躡腳滿足了世界的強度需要。慌亂的親嘴過程心跳得像打架。後來藍田女人的下巴沒了力氣，午後的河蚌那樣裂了開來。馬師傅的雙手擠牛奶一樣搓她的水袋子。他們抬頭時看見巨大的鏡子牆面很吃了一驚，瘋狂的折射拉開了瘋狂的八百里夜空，諸多矛盾的力量冬季的風一樣方位不定。馬師傅捏掉了燭光，光和空間即刻被上帝沒收了。他們慌亂地撫摩與尋找，找到了彼此身體的高低形勢。隨後開始了第一回合。死去活來，不見勝負。藍田的女人順應著身體的節奏說，不要了，不要了，全給你，全給你。第二回合剛要開始，藍田的女人突然緊張地說，快點燈，我看見牆上全是眼睛。點好燈馬師傅一臉不高興。這麼多鏡子，任何心思插翅難逃。我怕鏡子，藍田的女人說，魂都給它們弄出來了。馬師傅剛要滅燈，藍田的女人說，不要滅，鏡子在看我。馬師傅的臉上就沒底了，晃動浮泛起來。這麼多鏡子，誰的心思也插翅難逃。

我好看不好看？好看。喜歡不喜歡？喜歡。全讓你偷走了，藍田女人講這話時馬師傅從那個鏡子的盡頭一直笑到另一個鏡子的盡頭。我白不白？白。我身子香不香？香。馬師傅說完「香」鼻息又粗了。藍田的女人突然嚴肅認真起來：「我像不像展玉蓉？」

藍田的女人看見馬師傅烙著了那樣驚恐地站起來。他站得太猛，蠟燭歪了一下就翻滅了。藍田的女人看見巨大的黑影站在高空。藍田的女人站起身，兩隻大水奶子貼著他的胸，伸長了舌尖舔馬師傅的下巴。藍田的女人輕聲說：「我就是展玉蓉。」

藍田的女人被一股巨大的力量推倒了。她聽見一聲開叉的尖叫。馬師傅的黑色身影打足了氣一樣原地亂跳。黑色的身影迅疾地向外奔跑，一塊黑色鏡面被撞掉了，玻璃的炸裂聲在寂靜的夜裡燦爛強烈，發出耀眼絢麗的弧光。當啷。隨後又當啷。整個秣陵鎮全聽到了。是腦袋與玻璃的撞擊聲。

第二天一早秣陵鎮人一個個神色莊嚴。夜間的歷史轉折使他們學會了用眼睛四處打聽。人們都知道剃頭店的馬師傅在家裡奄奄一息，而T形拐角的鋪子一直關著。每一塊木板都原封不動。有人試圖從縫隙裡找到一點頭緒。未果。

但人們很快發現了一條線索。有人從藍田家鋪子的後院發現了幾滴血跡。順著這些血跡人們一路尋找過去，血跡越來越大，越來越密，運行的軌跡也愈加曲折晃動。到後來血跡在馬師傅家的青石階上站住了，是兩個絳紅色腳印。故事在高潮成為結局，戛然而止。

一年之後傳說就把這些事全弄清楚了。雖然藍田和他的女人再也沒有出現，馬師傅再也沒有起床。什麼也別想逃過人們的想像力。歷史是沿著想像力順流而下的局面。

一九九四年第三期《鍾山》

畢飛宇作品集 7

充滿瓷器的時代

作者　畢飛宇
責任編輯　蔡佩錦
創辦人　蔡文甫
發行人　蔡澤玉
出版發行　九歌出版社有限公司
臺北市105八德路3段12巷57弄40號
電話／02-25776564・傳真／02-25789205
郵政劃撥／0112295-1
九歌文學網　www.chiuko.com.tw
印刷　晨捷印製股份有限公司
法律顧問　龍躍天律師・蕭雄淋律師・董安丹律師
初版　2017年2月
定價　260元

書號　0111407
ISBN　978-986-450-112-0
（缺頁、破損或裝訂錯誤，請寄回本公司更換）

國家圖書館出版品預行編目資料

充滿瓷器的時代 / 畢飛宇. -- 初版.--
臺北市：九歌, 2017.2
208面 ；14.8×21公分. --（畢飛宇作品集；7）

ISBN 978-986-450-112-0（平裝）

857.63　105025424